VISIONS

La dernière danse

Linda Joy Singleton

Traduit de l'anglais
par Lynda Leith

AdA jeunesse

Éditeur : François Doucet
Traduction : Lynda Leith
Révision linguistique : Nicole Demers et André St-Hilaire
Révision : Nancy Coulombe, Suzanne Turcotte
Design de la page couverture et illustration de l'anneau : Lisa Novak
Montage de la page couverture : Matthieu Fortin
Mise en page : Matthieu Fortin
ISBN 978-2-89565-616-6
Première impression : 2007
Dépôt légal : 2007
Bibliothèque et Archives nationales du Québec
Bibliothèque Nationale du Canada

Éditions AdA Inc.
1385, boul. Lionel-Boulet
Varennes, Québec, Canada, J3X 1P7
Téléphone : 450-929-0296
Télécopieur : 450-929-0220
www.ada-inc.com
info@ada-inc.com

Diffusion
Canada :   Éditions AdA Inc.
France :   D.G. Diffusion
                Z.I. des Bogues
                31750 Escalquens - France
                Téléphone : 05-61-00-09-99
Suisse :   Transat - 23.42.77.40
Belgique :   D.G. Diffusion - 05-61-00-09-99

Imprimé au Canada

Participation de la SODEC.
Nous reconnaissons l'aide financière du gouvernement du Canada par l'entremise du
Programme d'aide au développement de l'industrie de l'édition (PADIÉ) pour nos activités
d'édition.
Gouvernement du Québec - Programme de crédit d'impôt pour l'édition de livres - Gestion
SODEC.

**Catalogage avant publication de Bibliothèque et Archives nationales du Québec et
Bibliothèque et Archives Canada**

Singleton, Linda Joy

    La dernière danse

    (Visions ; 2)
    Traduction de: Last dance.
    Pour les jeunes.

    ISBN 978-2-89565-616-6

    I. Leith, Lynda. II. Titre.

PZ23.S56Da 2007   j813'.54   C2007-941787-6

De la même auteure

Je dédie ce livre à la mémoire de quatre talentueuses et merveilleuses amies qui me manquent et que je n'oublierai jamais.

Dona Vaughn, auteure de *Chasing the Comet*
Linda Smith, auteure de *Mrs. Biddlebox* et de *Moon Fell Down*
Eilenn Hehl, auteure de nombreux romans pour adultes et adolescents
Karen Stickler Dean, auteure de la collection *Maggie Adams*, des romans pour adolescents

1

QUAND ELLE PRIT LA PAROLE, MA GRAND-MÈRE avait une voix sourde et les rides sur son visage étaient accentuées par la douce lumière de la lampe. Dans le silence de la nuit, je pouvais presque m'imaginer que tous trois, Nona, Dominic et moi, nous étions assis autour d'un feu de camp à nous raconter des histoires de fantômes. En fait, nous étions dans le loft de Dominic, et Nona ne faisait pas de blagues.

La vérité était beaucoup plus terrifiante que la fiction.

La vieille boîte en argent que ma grand-mère m'avait donnée pesait lourd sur mes genoux. Elle était fraîche au toucher, avait les côtés ternis, et présentait des motifs en demi-lune et des étoiles embossés sur le couvercle. « La boîte de Pandore », avais-je lancé pour plaisanter au moment où Nona me l'avait montrée pour la première fois.

Et j'avais eu raison.

Le contenu de la fameuse boîte n'était pas dangereux. De fait, quand j'avais soulevé le couvercle et regardé à l'intérieur, j'avais été déçue. J'ignore à quoi je m'attendais au juste… peut-être des bijoux ou des pièces rares. Au contraire, la boîte ne contenait rien de palpitant : des photographies jaunies, une vieille bible et une minuscule breloque ayant la forme d'un chat.

— Avant de parler de la boîte, dit Nona d'une voix tremblante, tu devrais en savoir davantage sur mon arrière-arrière-grand-mère.

— Ne te fatigue pas, Nona, lança Dominic.

Le regard inquiet qu'il posait sur ma grand-mère m'agaçait. Il ne faisait même pas partie de la famille ; c'était un homme à tout faire, doublé d'un apprenti qui, ayant à peu près mon âge, ne fréquentait plus l'école. Tout ce que je savais, c'était que Nona l'avait invité à vivre à la ferme parce qu'il possédait des habiletés inhabituelles. Des secrets les avaient rapprochés, et je ne pouvais m'empêcher de me sentir à l'écart.

— Je te suis reconnaissante pour ton inquiétude, lança Nona à Dominic avec un sourire rempli de tendresse. Toutefois, me reposer nous ferait perdre un temps précieux. La seule chose qui puisse me guérir est cette potion aux herbes créée par mon arrière-arrière-grand-mère, qui s'appelait Agnes. Elle l'avait concoctée pour une tante atteinte de la maladie héréditaire dont je souffre aujourd'hui. Comme Sabine, elle avait reçu le don de voyante qui se transmet de génération en génération.

Je levai la main pour toucher la mèche noire de ma chevelure blonde. Avant de devenir gris, les cheveux de Nona avaient eux aussi une telle mèche. Elle m'avait appris que cette mèche signifiait que son possesseur détenait d'extraordinaires talents de voyance. Cependant, lorsque j'étais petite, j'avais honte de ce don. Les enfants disaient que j'étais bizarre et que je ne me lavais pas les cheveux. Un jour, à l'aide de ciseaux, j'avais coupé la mèche noire. Celle-ci avait repoussé, mais je ne m'étais jamais habituée à être différente des autres enfants. Encore aujourd'hui, même si mon don avait contribué à sauver la vie d'une amie, je mourais d'envie d'être normale comme toutes mes amies.

Ma grand-mère avait repris la parole. Je me penchai vers l'avant sur ma chaise afin de ne pas perdre un mot de ce qu'elle disait.

— Agnes a vécu, il y a plus de cent ans, dans un petit village où les habitants devaient se comporter d'une certaine façon, expliqua-t-elle. Les femmes élevaient les enfants et étaient de bonnes épouses. Elles s'habillaient, agissaient et pensaient toutes de la même manière.

— Ma mère s'y serait sentie très à l'aise, dis-je avec amertume.

— C'est probablement vrai, répliqua Nona avec un sourire ironique. Cependant, il s'agissait d'un endroit horrible pour une personne qui possédait un don.

— Comme nous, l'interrogeai-je.

Ma grand-mère hocha la tête.

— Très tôt, Agnes s'est retrouvée veuve et seule pour élever quatre filles. Elle créait des remèdes aux herbes pour tout, des maux d'estomac jusqu'à la mauvaise haleine. Elle donnait aussi des conseils et prédisait des choses qui s'avéraient toujours véridiques. Elle pouvait lire l'avenir pour les autres, mais non pour elle. Donc, quand elle a refusé les avances du maire, un homme marié, elle ne s'est pas douté que la colère de ce dernier générerait des ragots malveillants. Suspicieux, les habitants du village se sont détournés d'elle, et des murmures de sorcellerie se sont mis à circuler.

— C'est tellement injuste, dis-je en fronçant les sourcils.

— Depuis quand la vie est-elle juste à l'égard des gens qui sont nés avec des caractéristiques différentes des autres ?

Nona secoua la tête avec tristesse.

— Lorsqu'une femme du voisinage est tombée malade et qu'elle est morte sans raison apparente, poursuivit-elle, le maire a accusé Agnes de l'avoir empoisonnée avec sa potion contre le mal de tête. Cette nuit-là, la fille aînée d'Agnes, qui possédait aussi le don, a averti sa mère qu'elle serait arrêtée pour meurtre. Il ne restait que deux choix à Agnes : rester dans le village et risquer la peine de mort ou fuir.

— Qu'a-t-elle fait ? murmurai-je en me rongeant les ongles.

— Agnes était courageuse, non stupide. Une voisine lui a offert de prendre soin des enfants pendant qu'elle s'enfuyait chez des cousins éloignés établis dans l'Ouest. Agnes prévoyait envoyer quelqu'un chercher ses filles une fois le danger écarté. Malheureusement, ce n'est jamais arrivé.

Je retins mon souffle en m'imaginant cette scène déchirante : quatre fillettes entourant leur maman de leurs bras, versant des larmes à l'heure des adieux et ignorant qu'elles étaient réunies pour la dernière fois. Ou elles le savaient, ce qui était plus affreux encore.

Je jetai un coup d'œil vers Dominic. Je pus constater que lui aussi était ému par cette histoire pathétique. Pensait-il à sa propre mère, dont il avait été privé trop tôt ?

Nona marqua un temps d'arrêt, le regard perdu dans le vague. Je connaissais maintenant ce regard et sa signification. Je retins mon souffle et m'efforçai de demeurer silencieuse pendant que grand-mère cherchait ses souvenirs. Quelques secondes plus tard, elle retrouva ses yeux perçants et je relâchai ma respiration.

— Comme je disais, continua-t-elle en levant le menton de façon déterminée, Agnes s'est dirigée vers l'Ouest. Personne ne savait où exactement. Une année s'est passée sans que quiconque ait des nouvelles d'elle. Puis un jour, un colis a été livré à ses enfants. Il contenait un message qui annonçait la mort d'Agnes et la volonté de cette dernière de léguer la boîte contenue dans le colis à ses filles.

— Celle-ci, demandai-je en soulevant le boîtier en argent.

— Tout à fait, acquiesça Nona en hochant la tête. Il y avait quatre breloques à l'intérieur de l'écrin et un mot disant qu'elles condui-raient à l'endroit où la mère avait caché son livre de remèdes. Or, les fillettes n'ont jamais eu l'occasion de chercher cet endroit. L'amie à laquelle elles avaient été confiées ne pouvant plus s'occuper d'elles, elles furent adoptées par des familles différentes. Avant de se séparer, les filles ont chacune emporté une breloque comme souvenir.

Je saisis le chat en argent dont la taille ne dépassait pas celle de l'ongle de mon pouce.

— Alors, ton arrière-grand-mère a choisi cette breloque-là ?

— Oui, répondit Nona, le regard fixé sur un cliché. Florence était l'aînée. Elle a donc gardé l'écrin pour ranger ses possessions les plus précieuses : cette breloque, la bible de la famille et la dernière photographie prise d'elle avec ses sœurs et sa mère. Florence est ici, au centre de la photo.

Elle pointa une fillette à la mine sérieuse qui était âgée d'environ huit ans. Les cheveux tressés tirés vers arrière, la petite fille avait le nez imposant et droit de Nona. Sa mère, Agnes, n'avait pas l'air plus vieille que moi ; pourtant, elle avait été une épouse, une mère et une veuve. Elle était assise sur une chaise à dossier droit, ses quatre filles faisant un cercle autour d'elle.

— On peut voir qu'Agnes aimait ses enfants, dis-je rêveusement, en pensant à ma propre mère qui ne m'avait jamais démontré trop d'affection. Les sœurs se sont-elles un jour retrouvées ?

— Non, répondit tristement Nona, du moins pas dans ce monde.

Je rangeai la photo dans la boîte et levai le chat en argent.

— À quoi les autres breloques ressemblaient-elles ?

— Je ne sais pas, répondit Nona. Il n'y a rien d'écrit à ce sujet.

— Pas plus que sur ce qui est arrivé aux sœurs, ajouta Dominic d'un air grave.

— Donc, tu n'as aucune idée de l'endroit où se trouve le livre de remèdes ? m'enquis-je.

— Non. Et pourtant, c'est mon seul espoir.

Ma grand-mère avait un regard fixe et absent lorsqu'elle me serra la main.

— C'est pourquoi je vous demande, à toi et à Dominic, de le trouver pour moi.

2

« JE NE VEUX PLUS JAMAIS VIVRE UNE JOURNÉE comme celle-là, pensai-je en me glissant dans mon lit un peu après minuit : tout le drame qui avait entouré mon amie Danielle, le fait de trouver celle-ci en train de se vider de son sang, de la faire transporter en ambulance à l'urgence de l'hôpital, puis de revenir à la maison et d'entendre les terribles nouvelles à propos de Nona. » Je ne pouvais croire que ma grand-mère perdait la mémoire et qu'elle pourrait sombrer dans le coma d'ici six mois. Danielle se remettrait de son aventure, mais j'en étais moins certaine en ce qui concernait Nona… et ça me terrifiait.

Le froissement de mes draps rompit le silence angoissant de ma chambre. L'obscurité n'avait jamais été mon amie. Dans le noir, je respirais en compagnie d'ombres vivantes et mouvantes qui me murmuraient des choses. Je laissais donc une veilleuse allumée. J'en avais des douzaines dans une étagère en verre, une collection que j'avais commencée à l'âge de cinq ans alors que j'avais été effrayée par mon premier fantôme. Il s'agissait d'un être inoffensif, un soldat amputé d'un bras qui était perdu entre deux mondes. Depuis, j'avais eu de nombreux visiteurs de l'Au-delà. Ces derniers ne me faisaient plus peur, car Nona m'avait expliqué la différence entre les fantômes, les esprits et les anges. De plus, j'avais une relation étroite avec ma guide spirituelle, Opal.

Malgré tout, même à l'âge de seize ans, je dormais toujours avec une veilleuse.

Espérant trouver quelqu'un de l'au-delà qui pourrait me venir en aide dans mes rêves, je choisis une veilleuse en forme de chat. Je la branchai et murmurai une fervente prière pour le rétablissement de Nona.

Je fermai ensuite les yeux et rêvai.

* * *

Je formais un tout avec une brise aux odeurs de pluie ; je volais avec une impression de liberté. J'espérais être transportée cent ans plus tôt, mais je m'aperçus que je dérivais pour prendre une direction différente, comme si quelqu'un avait appelé mon nom et qu'il m'invitait à le suivre.

La première chose dont je pris conscience fut celle d'un rire doux, adorable et féminin. Je vis une fille au moment où, du haut d'un nuage, je regardai vers la terre. Elle avait des cheveux brun caramel qui tombaient en cascade et qui ondulaient lorsqu'elle virevoltait sur le plancher d'un pavillon extérieur. Il y avait aussi d'autres gens : des adolescentes vêtues de chandails ajustés, de bas roulés et de larges jupes à mi-mollet, et des garçons portant des chemises et des pantalons qui avaient l'air empesés. La fille aux cheveux bruns brillait de tous ses feux, laissant les autres dans l'ombre. Tous ses gestes irradiaient comme le soleil. Elle riait, virevoltait et flirtait. Les jeunes hommes voulaient attirer son attention tandis que les adolescentes, qui se tenaient un peu à l'écart, la foudroyaient du regard et bavardaient entre elles. La plateforme de bois du pavillon était sa scène ; elle était LE point de mire.

Puis, le décor changea.

Une nouvelle personne arriva ; elle se fraya un chemin à travers la mer d'admirateurs de la fille. D'un seul coup d'œil, le grand étranger aux cheveux châtains capta l'attention de la fille et la prit par la main ; tous deux volaient la vedette sur le plancher de danse.

Des poignards furent illuminés par la foudre dans le ciel obscur.

La pluie commença à tomber sur le pavillon.

Et la fille et le nouveau venu dansaient.

* * *

Je me redressai d'un coup dans mon lit, ma tête tournant au son d'une mélodie inconnue. J'étais en sueur et ma chemise de nuit me collait au corps, comme si j'avais été surprise par un orage. Clignant des yeux, je regardai l'heure à mon réveille-matin et, avec surprise, je vis qu'il ne s'était écoulé que vingt minutes depuis que j'avais sombré dans le sommeil.

Mon cœur battait comme si j'avais fait une longue course et je pris de profondes respirations pour me calmer.

« Qu'est-ce qui vient de se passer ? » pensai-je, confuse. J'avais voulu avoir une vision de mes ancêtres et du livre des remèdes. On m'avait montré, plutôt fait voir, un événement totalement différent. Je ne connaissais pas la danseuse, mais j'avais le pressentiment qu'elle n'avait aucun lien avec ma famille ou avec les breloques manquantes.

Alors, pourquoi envahissait-elle mes rêves ?

Je serrai mon oreiller. C'était injuste ! J'aurais dû avoir le contrôle de mon propre esprit. Devais-je me concentrer davantage ? recourir à une quelconque cérémonie avec de l'encens et des chandelles ? psalmodier ?

Nona aurait su quoi faire, mais je résistai à l'envie d'aller immédiatement lui demander de me venir en aide. Elle comptait sur moi et je devais être forte pour elle. En plus, je me doutais de ce qu'elle me conseillerait : « Écoute attentivement les messages de ton rêve, car ils pourraient te mener à des découvertes importantes. »

Cependant, je n'avais pas fait le bon rêve. J'avais besoin d'une vision d'Agnes et de ses enfants, non de celle d'une fille qui flirtait en dansant.

« Reste en dehors de mes pensées, dis-je mentalement à la fille. Tu ne m'intéresses pas, pas plus que tes désirs. Je n'ai pas de temps à perdre avec toi. »

J'essayai de nouveau de communiquer avec mes ancêtres. J'inspirai, expirai, encore et encore, jusqu'à ce que ma colère se transforme en fatigue. La lassitude s'empara de moi et mes paupières se fermèrent.

Une tempête soufflait un vent violent qui était porteur de danger. J'étais emportée avec lui comme un grain de poussière ; je tourbillonnais dangereusement dans une puissante rafale. Des nuages noirs se gonflaient et le tonnerre grondait. Mon excitation culmina quand je ressentis un changement de temps et d'endroit. Un voile gris tomba et, sous moi, je vis une silhouette familière apparaître sur une saillie rocheuse.

C'était la fille aux cheveux brun caramel.

Elle, encore une fois ! La colère voila ma vision. Les choses ne devaient pas se passer ainsi. Je tentai avec force d'ouvrir les yeux et de me sortir de cette prison mentale. Cependant, le vent m'attira plus près de la fille ; j'étais prisonnière de mon rêve.

À contrecœur, j'observai la scène. La fille n'était pas seule. Le grand étranger aux cheveux châtains était à ses côtés ; les bras tendus, il l'implorait. Quelque chose avait mal tourné, très mal tourné entre eux. Elle le foudroyait du regard et criait. Les émotions tourbillonnaient dans des teintes de rouge et de mauve, comme une tornade de rage. Je ne pouvais pas entendre les mots que prononçait la fille, mais j'éprouvais une colère et une douleur insoutenables.

Le monde frissonna et bascula, puis la scène éclata en images chaotiques. J'aperçus un escarpement rocheux dont la falaise à pic mourait sur des rochers et des branches cassées. Un arbre mort depuis longtemps, fendu en plusieurs endroits, formait une pointe acérée qui s'élançait vers le ciel comme une offrande.

La fille tomba en bas de la falaise. Son cri, aigu et perçant, vibra dans l'air ambiant.

Puis, ce fut le silence.

3

Mon réveille-matin retentit trois fois avant que je ne m'étire pour le fermer.

« Ça va, la ferme », grommelai-je en me réveillant avec un sentiment d'angoisse. Un certain temps s'écoula avant que ma tête s'éclaircisse et que je me souvienne vaguement de mes visions troublantes : une fille portant des vêtements des années cinquante… elle dansait et flirtait… un cri. Une chose terrible était arrivée. Laquelle ? Des images se précipitaient dans mon esprit, puis disparaissaient. J'essayais de comprendre, mais l'exercice me donnait la migraine. J'y renonçai. De toute façon, un rêve étrange n'avait aucune importance. À mes yeux, seule Nona comptait.

J'étais heureuse que ce soit samedi, une journée sans classe. Toutefois, j'avais l'impression persistante qu'un autre événement d'importance allait se produire aujourd'hui. Mon angoisse augmenta lorsque je jetai un coup d'œil sur le calendrier accroché au mur. Une barre oblique noire s'étalait en travers de la date du jour. Je gémis.

Ce soir, je devrais faire face à mon pire cauchemar.

Ma mère était en route.

Depuis des mois, je m'étais dérobée à ses appels en trouvant toutes sortes d'excuses pour ne pas lui parler. Et si je m'étais entretenue avec elle, les choses auraient-elles été bien différentes ? Nous aurions probablement eu une autre dispute car, selon elle, je n'étais pas si parfaite que mes sœurs, des jumelles de neuf ans. Tout semblait si facile pour Ashley et Amy. Elles avaient un talent pour la musique et elles fréquentaient une école privée d'arts de la scène. Grandes et élancées, elles avaient les cheveux noirs satinés de papa et les yeux bleu-violet de maman : une combinaison qui leur apporterait la célébrité en tant que manne-quins. Puisqu'elles étaient identiques, la plu-part des gens croyaient qu'elles avaient la même personnalité, mais je savais qu'il en était tout autrement. Ashley était directe et ambi-tieuse comme ma mère, alors qu'Amy était studieuse et toujours prête à faire plaisir aux autres.

Plusieurs années auparavant, j'avais aban-donné l'idée de vouloir plaire à ma mère. Cette dernière se réjouissait des talents de mes sœurs jumelles, alors que mes sombres habile-tés lui faisaient peur. On aurait pu supposer qu'elle s'était habituée aux choses surnatu-relles après avoir grandi avec Nona, mais ça avait plutôt eu l'effet contraire. Maman vivait au pays du déni et me rendait responsable du fait que je sois différente des autres. Papa l'avait accusée de réagir trop fortement à cet état de fait. Il ne croyait en rien d'autre qu'aux faits juridiques de sa bibliothèque légale et pensait que j'étais aussi normale que mes cadettes. Il prenait donc souvent mon parti. Ce fut vrai jusqu'au jour où il devint associé au sein de son cabinet d'avocats et qu'il travaille quatre-vingts heures par semaine. Il n'était pas là pour me protéger le jour où j'avais prédit la mort d'un joueur de football des plus populaires. Lorsque mes amies les plus proches se détournèrent de moi et que je fus expulsée de mon école, ma mère m'envoya chez Nona. J'adorais vivre avec grand-mère, mais la trahison de maman me faisait souffrir.

« Je ne lui pardonnerai jamais », me répétais-je souvent.

J'enfouis ma tête sous l'oreiller ; je voulais me dissimuler dans mon lit. J'avais besoin d'un long repos après les événements graves de la veille. Les choses avaient dérapé avec Danielle et j'avais risqué d'exposer mon don psychique au grand jour. Malgré cela, j'étais heureuse d'avoir contribué à sauver la vie de mon amie. Je souhaitais seulement que personne n'ait réussi à comprendre comment j'avais su où la trouver.

Il sera beaucoup plus ardu de localiser le remède pour guérir Nona. Toutes les personnes impliquées dans l'histoire étaient mortes depuis longtemps. Bien sûr, je voyais des fantômes, mais ils m'apparaissaient habituellement quand ils voulaient me demander quelque chose, non le contraire. J'ignorais comment communiquer avec un spectre en particulier. Les êtres de l'Au-delà ne se baladent pas avec un téléphone cellulaire. De plus, j'avais échoué dans ma tentative d'entrer en contact avec mes ancêtres à travers mes rêves. Que pouvais-je faire d'autre ?

Depuis quand m'oublies-tu ? demanda une voix impertinente dans ma tête.

« Opal ? murmurai-je. Es-tu là ? »

Je ne voyais pas ma guide spirituelle avec une apparence physique, comme c'était le cas pour les fantômes et les anges, mais je sentais sa présence. Je connaissais bien son fier sourire et sa façon critique de hausser les sourcils. Pour une personne qui était morte depuis des centaines d'années, elle pouvait non seulement être très autoritaire, mais aussi s'avérer une amie à laquelle je pouvais faire confiance.

Bien sûr, je suis ici, répondit-elle avec impatience, comme à l'habitude. *Sinon, tu te parlerais à toi-même.*

Je soulevai l'oreiller sur ma tête et je gardai les yeux clos, car il était ainsi plus facile de voir Opal.

« Peux-tu aider Nona ? » demandai-je.

Mon devoir est de te guider sur le chemin de ton choix.

« Alors, dis-moi où est le recueil de remèdes afin que je puisse aider Nona. »

C'est au-delà de mes capacités.

« Pourquoi ? » m'empressai-je de demander.

Tout simplement parce que je l'ignore.

« Tu dois le savoir ! Mes ancêtres doivent être quelque part tout près de toi. Ne peux-tu pas leur demander où elles l'ont caché ? »

Sabine, tu mets ma patience à rude épreuve en ne réalisant pas que nos mondes sont extrêmement différents. Une chose qui t'apparaît cruciale a souvent peu d'importance dans l'Au-delà. Tu dois vivre ta vie ; mon humble rôle consiste à te guider.

« Alors, aide-moi à retrouver le livre ! »

Le chemin de ta quête commence dans ton âme. Recherche la sagesse chez ceux qui la possèdent. Les erreurs sont inévitables et les souffrances qu'elles engendrent peuvent s'avérer de sévères leçons.

« Que veux-tu dire par « les souffrances » ?

Je m'assis droit dans mon lit en serrant les couvertures contre ma poitrine.

« Je ne perdrai pas Nona, poursuivis-je. Je ne le permettrai pas. »

La maladie n'est qu'une façon d'être emprisonné dans un corps terrestre, et une âme perdue attend d'être libérée. Ne te défile pas quand cette dernière cherche de l'aide.

« Voudrais-tu cesser de parler par paraboles et simplement me dire ce que je dois faire. »

Fais ce qu'a demandé ta grand-mère.

« Je ne comprends pas. »

Tu finiras par y arriver…

Opal rompit le lien et j'ouvris les yeux sur une pièce vide.

La détermination activa mon pouls. Nona m'avait demandé de trouver le livre de remèdes et c'est exactement ce que j'avais l'intention de faire. De plus, je lui faciliterais la vie en m'occupant des travaux ménagers et des repas. Je pourrais même l'assister dans l'agence de rencontres en ligne, « Fusion d'âmes sœurs », qu'elle dirigeait depuis la maison en répondant au téléphone. Je classerais ses dossiers de façon si efficace qu'elle ne perdrait plus jamais son mot de passe d'ordinateur ou d'autres papiers importants.

Toutes voiles dehors, j'entrai avec confiance dans son cabinet de travail.

Grand-mère était assise derrière son bureau, absorbée devant son écran d'ordinateur ; elle prenait des notes d'une main et grignotait un muffin à la citrouille de l'autre. Avec ses yeux gris brillants et du rose sur les joues, elle paraissait si pleine de vie ; il était difficile de croire qu'elle était malade.

— Bonjour, Sabine.

Nona tapait sur son clavier et des douzaines de photos de femmes souriantes apparaissaient à l'écran. Elle appuya sur d'autres touches et une dame aux cheveux brun-roux et au visage rond semé de taches de rousseur remplit l'écran.

— Comment te sens-tu ? l'interrogeai-je avec précaution.

— Mieux que jamais, répondit-elle. Je pense avoir trouvé la bonne personne pour Kenny Campbell. Beatrix Frayne a plus de trente ans, elle adore les animaux et elle fait du bénévolat dans un organisme qui se dédie tant aux garçons qu'aux filles. Si leur carte du ciel est compatible, je vais organiser une rencontre.

Elle fit un geste en direction de l'assiette de muffins.

— Sers-toi. Ils sont encore chauds.

— Merci, fis-je en étirant la main pour en prendre un.

Je jetai ensuite un coup d'œil dans le cabinet de travail de Nona.

— Comment peux-tu trouver quoi que ce soit dans ce fouillis de papiers, de dossiers et de boîtes ?

— C'est vrai que c'est en désordre, admit grand-mère en esquissant un petit sourire, mais j'ai ma propre méthode pour m'y retrouver.

— Un peu d'organisation ne nuirait pas. Laisse-moi t'aider.

— Ce n'est pas nécessaire, répliqua Nona.

— Mais je le veux, dis-je en ramassant deux grandes piles de papiers.

— Non ! Ne les mêle pas !

Nona vola hors de sa chaise et m'arracha les feuilles des mains.

— Ça m'a pris des heures pour compiler ces dossiers de cinquante-quatre hommes qui possèdent des talents musicaux. Et l'autre tas contient ceux de femmes récemment divorcées qui sont sous le signe du Taureau.

— Alors, je vais t'aider en tapant ceux-ci à l'ordinateur, repris-je en me tournant vers une boîte sur laquelle il y avait plusieurs notes autocollantes. Tu seras ainsi en mesure de trouver l'information complète en un seul endroit.

— Hum… j'imagine que ça ne pourra pas faire de mal.

Ça ne me faisait aucun mal à moi, mais Nona grimaça quand je laissai tomber la boîte sur le sol et que je commençai à en classer le contenu. J'essayai, je fis vraiment des efforts, mais comment aurais-je pu savoir que « Poisson poilu et Belle grenouille » signifiait qu'un nouveau client, Harold Doré, serait un bon candidat pour Annabelle Rainette ? Juste au moment où Nona m'empêcha de déchiqueter une liste de nouveaux numéros de clients, la sonnette retentit.

Je me hâtai vers la porte pour répondre.

— Es-tu prête, Sabine ? me dit mon amie Penny-Love en guise de salutation.

Elle ressemblait à un ange avec des taches de rousseur au visage. Ce jour-là, elle portait un jean et des bottes. Son nom complet était Penelope Lovell, mais son surnom, comme son t-shirt blanc, lui allait comme un gant.

— Prête ? répéta-t-elle.

— Pour faire quoi ? lui demandai-je en la fixant sans trop comprendre.

— Ben, voyons ! s'exclama-t-elle en passant ses ongles vernis de rouge vermeil dans ses cheveux cuivrés. Vis-tu sur une autre planète, Sabine ? Tu m'as promis de venir magasiner avec moi, tu te rappelles, pour acheter des décorations pour la soirée de danse du « Festival automnal ». Le Club des supporters compte sur nous pour avoir tout le matériel avant samedi prochain.

— J'ai oublié, avouai-je avec un sourire contrit. Les événements se sont un peu bousculés ces derniers temps.

— J'en ai entendu parler. Quand Jill a dit à Kaitlyn, qui l'a dit à Amber, qui me l'a dit, que tu étais là lorsque Danielle a été trouvée à moitié morte sur le terrain de football, je n'arrivais pas à y croire. Qu'est-ce qui s'est passé ? Pourquoi ne m'as-tu pas téléphoné ?

— Je suis désolée. C'était fou. J'ai dû aller en vitesse à l'hôpital, attendre que la famille de Danielle arrive avant d'apprendre que celle-ci s'en sortirait.

Je repris mon souffle durant un court momemt.

— Je suis rentrée à la maison très tard, ajoutai-je de façon évasive.

Penny-Love était très amusante, mais c'était aussi une grande pie. Je devais être prudente lorsque je lui faisais des confidences. Si elle découvrait qu'une vision psychique m'avait conduite à Danielle, la nouvelle ferait le tour de l'école en un éclair.

Afin de détourner la conversation, je pointai l'allée de garage.

— D'où vient la voiture ?

— Elle appartient au plus vieux de mes frères. Il avait besoin de celle de papa pour impressionner une petite amie ; alors, il m'a prêté son tacot rouillé. Ce tas de ferraille n'a pas beaucoup d'allure, mais il roule bien.

Je regardai d'un air sceptique la Mustang cabossée et couverte de rouille qui était stationnée dans notre allée de gravier. Un des pneus était deux fois moins grand que les autres et faisait pencher la voiture d'un côté.

— C'est très bien que tu aies une voiture, dis-je. Par contre, tu devras y aller sans moi.

— Pourquoi ? demanda Penny-Love.

— Parce que Nona a besoin de…

— Balivernes, interrompit grand-mère qui surgit derrière moi. Je n'ai besoin de rien. Sors et amuse-toi.

— Je ne peux pas te quitter, lui expliquai-je en secouant la tête. Du moins, pas avant que tu sois remise.

— Nona me semble se porter mieux que jamais, intervint Penny-Love en embrassant ma grand-mère pour la saluer.

Penny-Love et Nona, deux romantiques dans l'âme, s'étaient vite liées d'amitié.

— Alors, comment vont les affaires de cœur ? s'enquit Penny-Love.

— Elles fleurissent comme un jardin ! Cette semaine, j'ai signé trois contrats avec de nouveaux clients.

— Être payé pour réunir des gens, c'est le plus fabuleux métier du monde! s'exclama Penny-Love. Si un jour tu veux l'aide d'une assistante, appelle-moi.

— Marché conclu, répliqua grand-mère en souriant.

— Ce ne sera pas nécessaire, rétorquai-je, je suis là. Et je ne vais pas te laisser seule.

Je me croisai les bras sur la poitrine.

— Je veux t'aider.

— La meilleure façon de m'aider, c'est de ne rien faire, insista Nona. Je sais que tu veux agir pour le mieux, Sabine, mais j'en accomplirai davantage sans toi.

— Et nous devons faire des courses importantes aujourd'hui, ajouta fermement Penny-Love.

Ainsi, je mis mes inquiétudes de côté pendant les heures qui suivirent et je fis des emplettes en compagnie de mon amie.

Il n'y avait pas de centre commercial à Sheridan Valley, un lieu d'importance moyenne combinant banlieues et fermes agricoles. Nous nous rendîmes donc à Sacramento, une balade d'environ quarante minutes par l'autoroute. Penny-Love avait de l'argent du Club des supporters et une liste longue d'un kilomètre d'articles à acheter : du papier crêpé, des assiettes en papier, des ustensiles en plastique, de la peinture, des paillettes et plus encore. Lorsque nous eûmes terminé, elle me convainquit de passer par les boutiques de vêtements et d'essayer des trucs extravagants. J'enfilai une robe dingue, très courte, faite de plastique violet ; Penny-Love se vêtit d'une robe de soirée en paillettes argentées échancrée jusqu'au nombril. Nous paradâmes dans le magasin. Les clients nous lancèrent des regards étranges et les commis du magasin nous observèrent avec suspicion. Riant aux éclats, nous nous glissâmes à nouveau dans nos t-shirts et nos jeans, puis nous dirigeâmes vers l'aire de restauration.

Après mûre réflexion, je choisis un repas chinois et Penny-Love acheta le plus gros hamburger au fromage que je n'aie jamais vu. Étonnamment, elle le mangea en entier… accompagné d'une assiette géante de frites.

Nous nous rendîmes ensuite dans une joaillerie. J'y trouvai une amusante paire de boucles d'oreilles en forme de piano ; elles étaient parfaites pour ma sœur Ashley. La fête d'anniversaire des jumelles avait lieu dans deux semaines et, dans son dernier courriel, Amy m'avait supplié de venir la voir à cette occasion. J'avais acquiescé, car la fête allait se tenir dans un parc d'attractions, un endroit où je pourrais facilement éviter ma mère.

Je voulais montrer aux jumelles combien elles me manquaient en leur offrant un cadeau particulier ; alors, j'avais persuadé Penny-Love d'arrêter dans un magasin de livres usagés. Amy collectionnait les vieux romans de la série Nancy Drew[1]. Je vérifiai sa liste de titres très recherchés — et gagnai le gros lot en trouvant un livre vert chatoyant intitulé *La fontaine hantée*. Quand je découvris que l'ouvrage était signé par l'auteure, je sus que j'avais fait une grande trouvaille et, tout ça, pour huit dollars !

De retour à la maison, je me sentais mieux que je ne l'avais été depuis des jours.

Du moins, jusqu'à ce que j'aperçoive la Lexus bleu nuit stationnée dans notre allée de garage.

---

1. N.D.T.   Nancy Drew est une adolescente menant des enquêtes dans la série de romans du même nom.

4

PENNY-LOVE M'ENTENDIT SOUPIRER TOUT BAS ET, inquiète, elle se tourna vers moi.

— Que se passe-t-il, Sabine ? Tu es devenue complètement blanche.

— Ça va, répondis-je en avalant avec peine.

— Tu n'as pas l'air bien, mais enfin, répliqua mon amie en regardant vers la Lexus. Toute une voiture. À qui est-ce ?

— À ma mère, répondis-je sèchement.

Je résistai à l'envie de m'enfuir.

— On ne l'attendait pas avant deux autres heures, poursuivis-je.

— Peut-être s'est-elle hâtée car tu lui manquais.

— Quand les poules auront des dents, grommelai-je. Elle ne veut rien avoir à faire avec moi.

— Je ne le crois pas, rétorqua Penny-Love. Les parents ne peuvent pas s'empêcher de se mêler de la vie de leurs enfants. C'est comme une mauvaise habitude chez eux. C'est toujours « Tu devrais faire ceci » ou « Pourquoi n'as-tu pas fait cela ? » mais on finit par se réconcilier et s'embrasser. C'est normal d'avoir des prises de bec avec sa mère.

— Il n'y a rien de normal entre nous. C'est une situation compliquée… et il est difficile d'en parler.

— Tu ne parles *jamais* de ta famille, m'accusa Penny-Love.

— Il n'y a pas grand-chose à en dire. Ma mère me déteste. Alors, je vis ici maintenant.

Je pris une profonde respiration, puis je descendis de la voiture.

— Je ferais mieux de rentrer.

— Est-ce que ça va aller ? me demanda mon amie en enroulant une mèche rousse autour de son doigt.

— Bien sûr, dis-je avec un sourire forcé. Ma mère m'a déjà mise à la porte de la maison. Que pourrait-elle faire de plus ?

J'étais sur le point de le découvrir.

Comme d'habitude, maman était parfaite ; elle portait un tailleur gris et des souliers assortis, et arborait un sourire crispé. Elle entama la conversation par des formules de politesse artificielles en s'informant de mon école et de mes amies. Et ce n'était pas que ces sujets l'intéressaient. Elle ne pouvait même pas me regarder dans les yeux ; c'était comme si elle avait peur de ce qu'elle pourrait y voir ou, plus vraisemblablement, de ce que je pourrais voir dans les siens. Elle jetait des coups d'œil furtifs tout autour, on aurait dit qu'elle s'attendait à voir un fantôme apparaître subitement.

Quand elle se tourna vers Nona pour lui demander de nous laisser seules durant un moment, mon cœur se mit à battre allégrement. J'eus besoin de toute ma volonté pour ne pas m'agripper à Nona et la supplier de demeurer à mes côtés.

Je levai plutôt le menton en prenant un air de défi et je décidai de faire face à ma mère.

— Bon, nous sommes seules ! Alors, vas-y, crache le morceau. Que veux-tu ?

— Sabine, tu n'as aucune raison de t'adresser à moi sur ce ton. Je suis ta mère et, peu importe ce que tu crois, je t'aime.

— Ouais. Y paraît.

— Es-tu encore en colère contre moi ?

— Voyons donc !

— T'envoyer vivre ailleurs a été plus difficile pour moi que pour toi.

— Vraiment ! m'exclamai-je en levant les sourcils en signe d'incrédulité.

— Oui, mais je suis soulagée. Tout est bien qui finit bien. Tu réussis à l'école et tu as de nouveaux amis. Tes sœurs m'ont dit que tu as même un petit copain. Comment s'appelle-t-il ?

J'hésitai, peu disposée à parler d'une chose aussi personnelle, mais j'étais mal à l'aise de mentir délibérément à ma mère.

— Josh DeMarco.

— DeMarco ? C'est un Italien ?

— Je ne sais pas, répondis-je d'un ton froid. Et je m'en fous.

— Je posais simplement une question. Je suis certaine que c'est un garçon charmant. J'adorerais le rencontrer lorsque je serai moins pressée par le temps. Il saute aux yeux que tu es florissante depuis que tu vis avec ta grand-mère. D'ailleurs, c'est toujours elle que tu as préférée. Au lieu d'être en colère contre moi pour avoir pris les dispositions afin que tu vives ici, tu devrais me remercier.

— Merci, fis-je d'une voix pleine de sarcasmes. Autre chose ?

— Eh bien… répondit ma mère en regardant ses mains jointes. Il y a quelque chose dont je dois discuter avec toi. Je suis venue pour en parler en l'absence des jumelles.

— Pourquoi ? questionnai-je, paniquée. Vont-elles bien ? Amy n'a pas eu une sévère crise d'asthme, n'est-ce pas ?

— Non, rien de ce genre, mais je suis préoccupée par Leanna, l'amie d'Ashley.

Je n'avais jamais entendu ce nom.

— En quoi cela me concerne-t-il ?

— Leanna est la plus jeune sœur de ce garçon à ton ancienne école, expliqua ma mère en plissant les lèvres. Celui qui est mort.

La culpabilité et la douleur me frappèrent de plein fouet, mais je masquai mes émotions par un haussement d'épaules.

— Et alors ? fis-je en me croisant les bras sur la poitrine. Ça n'a toujours rien à voir avec moi.

— Mais oui, insista ma mère. Leanna sera à la fête d'anniversaire de tes sœurs. Sa présence pourrait être embarrassante et rappeler à tout le monde la période déplaisante que nous avons vécue.

— Je l'éviterai, rétorquai-je.

— J'ai bien peur que cela ne soit pas suffisant.

Mon estomac se noua.

— Que veux-tu dire ?

— Si tu aimes tes sœurs, assure-toi qu'elles aient un joyeux anniversaire.

— De quelle façon ? dis-je d'un ton glacial.

Ma mère me regarda droit dans les yeux.

— Ne viens pas à leur fête.

5

J'ÉTAIS INCAPABLE DE PARLER DE LA DEMANDE DE
ma mère, même pas à Nona. Le cœur me faisait trop mal et discuter de mon problème ne
résoudrait rien. De plus, maman avait raison.
Je n'avais jamais rencontré Leanna. Cependant, cette dernière m'identifierait comme la
fille « bizarre » qui avait prédit la mort de

son frère. J'avais averti le garçon de ne pas conduire sa voiture la nuit du bal de fin d'études mais, tout ce qu'il avait fait, c'était de rire de moi avec ses amis. Par contre, personne ne riait lorsqu'il perdit la vie dans un violent accident. Tous me pointèrent plutôt du doigt pour me faire porter la responsabilité de son décès, comme si le fait de savoir ce qui allait se passer me rendait coupable.

De plus, j'aimais trop mes sœurs pour gâcher leur anniversaire.

« Comment vais-je pouvoir leur annoncer que je ne pourrai aller à leur fête ? pensai-je en clignant des yeux pour ne pas pleurer. Dois-je prétendre avoir un rendez-vous ? Ou simplement ne pas y aller comme si elles n'avaient pas d'importance pour moi ? Mentir, c'est terrible et je déteste ça ! Ai-je un autre choix ? Mon mensonge sera comme mon cadeau d'anniversaire secret afin que mes sœurs puissent continuer à croire que maman est parfaite et que je suis celle qui est anormale. »

C'était tellement difficile ! Je voulais prendre la bonne décision, mais je ne savais laquelle ferait le moins de mal à mes sœurs. En bout de ligne, je pris celle qui me sembla être la plus pénible de ma vie. Avant de perdre tout courage, je me rendis à mon ordinateur et tapai un court courriel.

> Amy et Ashley,
> Il y a un imprévu et je ne pourrai assister à votre fête. Je suis désolée. Bon anniversaire.
> Je vous aime.
> Sabine

J'appuyai ensuite sur le bouton « envoyer ».

Par la suite, je me gardai assez occupée pour éviter de penser, d'avoir du ressentiment et de souffrir. Nona ne me permettant plus de mettre les pieds dans son cabinet de travail, je m'étais attaquée aux travaux ménagers. Il était plus minuit et je m'occupai à broder de délicates roses roses sur une taie d'oreiller. Le lendemain matin, après avoir fait la lessive et plié quatre brassées, j'enfilai mon manteau et je sortis pour cueillir les œufs.

Un rayon de soleil perça le ciel gris, puis disparut derrière de gros nuages blancs. Le sol était humide de rosée et les feuilles mortes crissaient sous mes bottes. J'ajustai mon manteau et frottai mes mains gelées.

Le panier était presque plein d'œufs tachetés de brun lorsque j'entendis un moteur gronder et que je vis Dominic en train de faire démarrer son camion près de la grange. Sa Ford usagée avait quelques bosses, mais elle était fiable. Dominic avait prouvé qu'on pouvait compter sur lui. Il m'avait aidée à me sortir de certaines situations difficiles et j'apprenais à lui faire confiance. Malgré tout, nous n'étions pas tout à fait des amis ; nous étions plutôt des alliés réticents.

Penny-Love bavait pratiquement d'admiration devant Dominic et, lorsqu'il était là, elle le draguait outrageusement. Je crois qu'il était beau garçon, si on aimait le genre mystérieux et rébarbatif, ce qui n'était pas mon cas. J'avais déjà trouvé le garçon parfait. Josh était grand, sportif et dévoué puisqu'il faisait régulièrement du bénévolat dans les hôpitaux. Comment aurais-je pu ne pas devenir amoureuse d'une personne qui faisait rire les enfants malades en sortant des lapins en peluche de pots de chambre ?

Josh était ouvert sur le monde ; Dominic évitait les gens, préférant travailler à l'extérieur avec les animaux.

— Hé, attends !

J'interpellai Dominic en déposant mon panier d'œufs sur la véranda et en me précipitant vers la vitre baissée de son camion.

— Nous devons parler de Nona, ajoutai-je.

— Quand je serai de retour, dit Dominic d'un ton brusque.

— Dans combien de temps ?

— Je ne sais pas, répliqua le garçon sur le même ton.

Il avait cette agaçante habitude de s'exprimer en phrases courtes, et ce, quand il se donnait la peine de parler.

— Tu as l'intention de partir pendant longtemps, sinon tu n'aurais pas fait tes bagages.

Je pointai une valise brune sur le siège du passager.

— Où vas-tu ? poursuivis-je.

— À Astoria.

— En Oregon ? m'exclamai-je en plissant les yeux. Mais c'est à plus de huit cents kilomètres ! Ce voyage a-t-il un rapport avec le livre de remèdes de Nona ?

— Ça dépend, répondit Dominic en haussant les épaules.

— De quoi ?

— Si je le trouve.

— On est censés travailler ensemble. Tu ne peux tout simplement pas partir sans rien me dire. Et qui prendra soin des animaux pendant ton absence ?

— C'est arrangé, m'expliqua le garçon d'un ton calme qui me rendit folle de colère.

— Ne devrais-tu pas informer Nona de ton départ ?

— C'est fait.

— Mais tu n'as pas pris la peine de me mettre au courant de la piste que tu suis. Ce n'est pas la bonne façon de travailler avec un partenaire. Si tu trouves quelque chose d'important, j'exige de le savoir.

J'agrippai le rebord de la vitre du véhicule.

— Tu ne vas nulle part tant que je n'obtiens pas de réponses, poursuivis-je.

Je m'attendais à ce que Dominic me hurle de m'enlever de son chemin. Or, plutôt que de perdre son calme, il me sourit.

— Te crois-tu assez forte pour arrêter mon camion ?

— Pas vraiment.

— Mais tu essaierais tout de même ?

— Quelquefois, essayer est la seule chose à faire.

Dominic hocha la tête.

— Je sais. Et tu fais ça très bien.

Nos regards se croisèrent et il n'était plus question du camion à présent. L'énergie circulait entre nous ; j'avais chaud au point d'être inconfortable, comme si j'avais porté un manteau de laine par une journée d'été ensoleillée. Je ne comprenais pas ces sentiments, ni ne voulais les comprendre. Dominic et moi n'avions qu'une chose en commun : ma grand-mère.

— D'accord, partenaire, voici la situation, dit-il brusquement en éteignant le moteur de son camion et en imposant du coup le silence dans la cour.

Même les poules cessèrent de caqueter.

— J'ai fait des appels et vérifié des registres à propos de Florence Jane Walker Tuttle, avoua Dominic.

— La grand-mère de Nona ? demandai-je avec enthousiasme. Qu'as-tu découvert ?

— J'ai trouvé la trace d'un gars, Alex Tuttle, qui possède de vieilles photos d'une tante éloignée qui se nommait Agnes.

— Notre Agnes ?

— Je l'ignore, mais je le saurai bientôt.

— Donc, tu vas rouler jusqu'aux côtes de l'Oregon ? Ne pourrais-tu simplement pas poser la question au téléphone ?

— Pas si je veux feuilleter les vieux albums de famille.

— Des albums ?

— De très vieux albums.

— Wow. J'adorerais les voir.

— Alors, viens avec moi.

Dominic tendit la main en signe d'invitation, le bout de ses doigts effleurant mon bras.

Je sursautai quelque peu. La peau me picotait à l'endroit où il m'avait touchée.

— Tu n'es pas sérieux.

— Pourquoi pas ? Ne sommes-nous pas *partenaires* ?

Le garçon avait prononcé ce mot d'une façon à la fois douce et moqueuse en me lançant un regard qui me mit mal à l'aise.

— Mais… je ne peux tout simplement pas partir avec toi.

— Pourquoi pas ? Tu as peur ?

— Bien sûr que non ! dis-je d'un rire qui sonnait faux. Vraiment pas.

— Alors, grimpe dans le camion.

— Je ne peux pas ! J'ai de l'école demain.

— N'y va pas.

— Ça me plairait… pour plusieurs raisons.

Je me déplaçais malhabilement dans l'allée de garage.

— Tu vois, j'ai des responsabilités, poursuivis-je, comme le journal de l'école, les devoirs et mes amis.

— Ton petit copain je-veux-devenir-magicien ? me demanda Dominic avec dédain.

— Laisse Josh en dehors de ça. Et, pour ta part, ne devrais-tu pas fréquenter une école ou une autre ?

Dominic esquissa un petit sourire malicieux.

— Pas moi, répliqua-t-il. De plus, je dois agir rapidement, car Tuttle a peut-être en sa possession davantage que de vieilles photographies.

— Comme quoi ?

— Biiiiien…

Le garçon avait fait exprès de prononcer le mot très lentement.

— Tuttle a parlé d'une malle pleine de vieux bouquins, poursuivit-il.

— Et ? l'incitai-je à continuer.

— L'un d'eux pourrait être le livre de remèdes.

6

J'APPRÉCIAIS LE DÉVOUEMENT DONT DOMINIC FAI-
sait preuve à l'égard de Nona, mais j'éprouvais
du ressentiment à me voir exclue de ses
recherches car je voulais être celle qui trouve-
rait le livre de remèdes.

La façon dont Dominic m'avait observée
ajoutait à ma mauvaise humeur. De toute

façon, quelle mouche l'avait piqué ? Pourquoi m'avait-il invitée à venir avec lui ? D'habitude, il fuyait le genre humain ; son offre subite était des plus déroutantes.

Il avait peut-être eu pitié de moi, car je n'avais rien découvert par moi-même. Eh bien, j'allais lui montrer de quoi j'étais capable ! Pendant qu'il roulerait à la quête d'indices dans un autre État, j'en trouverais d'autres, juste ici.

Je savais exactement par quoi commencer : la bible d'Agnes. Je sortis l'épais et fragile volume et en feuilletai les pages usées par le temps pour dresser une liste des naissances, des mariages et des décès remontant à plus de deux cents ans. L'arbre généalogique de ma famille s'étalait sur le papier en présentant des noms qui, pour la plupart, ne m'étaient pas familiers : tant d'inconnus, de parents oubliés avec leurs peines et leurs triomphes inscrits en quelques mots.

Le lendemain matin, j'avais accumulé douze feuilles d'information dans mon cahier de notes. J'avais hâte d'en discuter avec Dominic, sauf que ce dernier ne m'avait pas encore donné de ses nouvelles. Je sursautais à chaque sonnerie du téléphone et j'étais attentive au son de son camion. Nona n'avait pas l'air inquiète et j'étais soulagée de ne constater aucun symptôme chez elle. Elle ressemblait plutôt à une superfemme ; elle était déjà au travail dans son cabinet à faire des appels téléphoniques avant même que j'aie commencé le petit-déjeuner.

Je ne pouvais rien faire, sauf aller à l'école, et c'était la *dernière* chose dont j'avais *envie*. La nouvelle à propos de Danielle, qui avait perdu presque tout son sang sur le terrain de football, constituerait le sujet numéro un des ragots du jour. Et, si quiconque découvrait ma participation à ce drame, je deviendrais le sujet numéro deux.

Penny-Love me rejoignit alors que je me dirigeais vers l'école et je fus soulagée qu'elle ne me dise rien à propos de Danielle. « Déjà de l'histoire ancienne », pensai-je avec espoir. Mon amie préféra parler sans arrêt du Festival automnal, de ce qu'elle porterait, du garçon qu'elle avait l'intention d'inviter et de ses idées de décoration.

Soulagée de retrouver ma petite routine, je ne l'écoutais que d'une oreille. On aurait dit qu'il y avait deux Sabine : l'une qui agissait comme si une danse était aussi importante que la paix dans le monde, et l'autre qui entendait des voix et avait des visions psychiques. Je crois que ce n'est pas un hasard si je suis née sous le signe des Gémeaux. Je ne parlais jamais de trucs étranges à l'école. La plupart du temps, je me contentais d'écouter, particulièrement avec Penny-Love. Il est surprenant de constater à quel point les gens vous aiment lorsque vous leur laissez la parole. Après avoir été expulsée de mon ancienne école, j'étais soulagée d'être enfin acceptée par mes pairs, et même d'être une fille des plus populaires.

Penny-Love était la reine de Sheridan High. Cette diva autoproclamée savait tout sur les gens, parfois même avant que ceux-ci ne l'apprennent eux-mêmes. Ce jour-là, elle me mit au courant des derniers développements dans les trois « R » de la vie sociale : les rencarts, les rejets et les ragots. Je hochais la tête au moment opportun et j'essayais d'être attentive à ses propos. Cependant, mon esprit vagabondait et me ramenait continuellement vers la chaleureuse demeure jaune sur Lilac Lane. Comment Nona se débrouillait-elle toute seule ? Son attitude positive était-elle feinte ou réelle ? Pourquoi étais-je en train de perdre mon temps à l'école, alors qu'elle pourrait avoir besoin de moi ? J'avais le pressentiment que j'aurais dû rester à la maison.

En arrivant à mon casier, je découvris pourquoi.

— Si ce n'est pas Sabine, dit une voix basse et menaçante. Je me demandais bien quand on te reverrait.

Je fus parcourue d'un frisson glacial quand je me retrouvai face à Evan Marshall. Grand, avec de larges épaules et des yeux sombres froncés, il était debout devant mon casier. Son aura étincelait d'une teinte de pourpre et d'un vert aussi sombre que celui de la forêt la nuit. Son air menaçant était la preuve qu'il me tenait encore responsable d'avoir détruit son amitié avec Josh. C'était pourtant sa propre tromperie qui s'était retournée contre lui.

— Tasse-toi, lui ordonnai-je. Tu bloques mon casier.

— Es-tu toujours aussi impolie le matin ? dit-il d'une voix traînante en se penchant quelque peu pour me fixer dans les yeux.

À mon tour, j'aurais voulu lui donner la réplique avec un commentaire plein d'esprit, mais à quoi cela aurait-il servi ? N'ayant pas d'énergie à dépenser pour éduquer les imbéciles, je me contentai de le foudroyer du regard.

— Tasse-toi, répétai-je, ce qui me semblait suffisant.

— Bien sûr, bien sûr… mais pas avant que nous ayons eu une petite conversation.

— Je n'ai rien à te dire.

— Vraiment ?

Evan esquissa un sourire sarcastique qui me donna des frissons.

— Même pas à propos de la pauvre, de la folle Danielle ? ajouta-t-il.

— Un peu de respect. Elle *a été* ta petite amie.

— Je sais et j'ai eu du chagrin quand j'ai appris qu'elle était à l'hôpital. Alors, je suis allé la visiter hier.

— Ah oui ? demandai-je, étonnée. Comment ta *nouvelle* petite amie a-t-elle pris la nouvelle ?

— Shelby me trouve sympa de m'inquiéter à propos d'une vieille amie et elle me considère comme le gars le plus doux et le plus gentil qu'elle n'ait jamais connu.

— Elle devrait sortir davantage. À présent, aurais-tu l'amabilité de te déplacer afin que je puisse accéder à mon casier ?

— Pas avant de t'avoir remercié d'avoir aidé Danielle, répliqua Evan d'un ton sarcastique.

— Moi ? dis-je en secouant la tête. Je ne vois pas de quoi tu parles. Je n'ai rien fait.

— Voyons, ne sois pas si modeste. Je sais ce qui s'est passé vendredi soir.

Evan se pencha plus près de moi.

— Les infirmières ne m'ont pas permis de m'entretenir avec Danielle, murmura-t-il de façon inquiétante, mais j'ai eu une longue conversation avec son père. Il m'a dit des choses étonnantes… à ton sujet.

Ma gorge se serra et je baissai les yeux vers le sol de béton.

— Comment savais-tu que Danielle était en danger ? s'enquit Evan.

— Un coup de chance.

— Tu as eu la chance de deviner qu'elle saignait à mort sur le terrain de football ce soir-là ?

Dit de cette façon, il est vrai que ça semblait tiré par les cheveux. Je tortillai le bout de ma tresse.

— La cloche va sonner et j'ai besoin de mon livre de littérature, annonçai-je. Je n'ai pas de temps à perdre à me disputer avec toi.

— Qui se dispute ? Je pose simplement quelques questions.

— Tu bloques mon casier, criai-je.

— C'est vrai ?

Evan ma lança un regard perçant.

— Je suis siii désolé, poursuivit-il. Je ne voulais pas te causer d'inconvénients et gaspiller tes précieuses minutes. Grâce à toi, j'ai des tonnes de temps libre. Tu m'as fait renvoyer de l'équipe de football et tu as braqué

Josh contre moi. Je te dois tellement et je suis totalement en accord avec l'adage qui dit qu'on doit payer son dû.

— Tasse-toi de mon chemin !

— Dès que tu auras répondu à une question.

— Va te faire voir !

— Quel est ton secret ? La première fois que je t'ai vue, je savais qu'il y avait quelque chose d'étrange en toi. Josh n'a pas voulu m'écouter quand je lui ai dit que tu attirais les ennuis. C'est comme si tu lui avais jeté un sort. Il est aveugle en ce qui te concerne mais, moi, je ne le suis pas. Tu caches quelque chose. J'ignore ce dont il s'agit... mais je vais le découvrir.

Evan fit ensuite un grand geste de la main vers mon casier, s'écarta de mon chemin et partit.

7

JE N'ÉTAIS PAS ENCORE REMISE DU CHOC CAUSÉ PAR la menace d'Evan lorsque Josh arriva.

— Étais-tu en conversation avec Evan ? demanda-t-il en fronçant les sourcils pendant qu'il regardait d'un air interrogateur le bout du couloir d'où Evan venait de disparaître en tournant un coin.

— Heu… ouais.

Mon cœur battait toujours la chamade et j'éprouvais un vif sentiment de paranoïa. C'est comme si je n'étais en sécurité nulle part, ni à l'école ni à la maison.

— Est-ce qu'il t'embêtait ?

— Heu… pas vraiment.

Je saisis des livres et fermai brusquement la porte de mon casier.

— Dans ce cas, que voulait-il ? s'enquit Josh.

Je jetai un coup d'œil à mon livre de littérature.

— Il m'a interrogée sur le devoir que nous avons à faire.

— Vraiment ?

La tension qui se lisait sur le visage de Josh se transforma en un sourire mélancolique.

— Evan m'a dit que, dorénavant, poursuivit-il, il prendrait ses devoirs au sérieux, mais j'en doute. S'il améliore ses notes, il pourra à nouveau faire partie de l'équipe de football.

Je me mordis la lèvre.

— Il a besoin d'améliorer plus que ses notes, fis-je remarquer.

— Ne sois pas si dure avec lui. C'est vrai qu'il a commis des erreurs, mais c'est un gars sympathique une fois que tu apprends à la connaître.

— Je le connais plus qu'assez.

— Evan m'a dit qu'il regrettait les mauvaises paroles qu'il avait prononcées à ton sujet.

— Tu lui reparles ? questionnai-je Josh alors que mon cœur se mettait à battre à tout rompre. Après tout ce qu'il a fait ?

— Il vit dans la maison à côté de chez moi, expliqua-t-il, et nos parents sont amis. Je ne peux pas l'ignorer et je ne le souhaite pas. Tout le monde a besoin d'une seconde chance. Je suis désolé que les événements aient pris une telle tournure.

— Ce n'est pas de ta faute, le réconfortai-je.

— Ouais, je sais ! Pourtant, il est difficile de rester en colère. Je pense sans cesse aux bons moments qu'Evan et moi avons passés ensemble, et même aux mauvais lorsque mon frère était malade. Evan est demeuré à ses côtés jusqu'à la fin. Je dois le soutenir, moi aussi, je lui dois bien ça.

— Tu ne lui dois rien.

— Peut-être.

Josh haussa les épaules, mais son ton n'était pas convaincant. Il leva la tête au moment où la sonnerie se fit entendre.

— Nous ferions mieux de nous dépêcher de nous rendre en classe, dit-il simplement.

Je hochai la tête, troublée par l'influence qu'avait Evan sur Josh, particulièrement après la menace qu'il venait de me faire concernant la découverte de mon « secret ». Si Evan réussissait dans son entreprise, il n'hésiterait pas à me détruire.

Pendant que Josh et moi marchions, il me décrivit le voyage qu'il avait effectué au cours du week-end pour assister au mariage d'un cousin. Je m'interrogeai sur la possibilité de lui dire la vérité. Être honnête m'aurait beaucoup soulagée, mais j'avais peur que Josh ne me croie pas. Si je lui avais donné les détails à propos de ma guide spirituelle, des rêves de fantômes et de la vision prophétique qui avait mené à la mort d'un garçon, il aurait pensé que j'avais des intuitions délirantes.

Avant d'entrer dans la classe de notre cours de littérature en première période, Josh déchira une feuille dans son cahier de notes. Avec des doigts rapides comme l'éclair, il plia et replia la feuille, arrondissant les coins et aiguisant le bout en pointe, jusqu'à ce que j'en reconnaisse la forme.

— Pour toi, Sabine, dit-il en me tendant un cœur de papier.

Les mots restèrent coincés dans ma gorge et je serrai le papier contre ma poitrine. Josh m'entoura de ses bras et me rapprocha de lui. Il dégageait de la chaleur et ses cheveux châtains exhalaient une fraîche odeur de shampoing à la lime. Indifférente à ceux qui pouvaient nous voir, je levai le menton et déposai un doux baiser sur ses lèvres.

Je fis alors le serment de ne jamais faire quoi que ce soit qui puisse me faire perdre Josh. À l'école, je serais vraiment normale ; il ne serait plus question de trucs « bizarres ».

Malgré tout, il me fallait découvrir une façon d'aider Nona. Je décidai de demander conseil à un ami de confiance qui connaissait déjà mes secrets. J'informai donc Josh que je ne pourrais pas manger avec lui le midi, car j'avais une tâche de dernière minute à faire pour le journal de l'école.

Comme je l'avais prévu, je trouvai l'éditeur de l'école, Manny Devries, assis devant son écran d'ordinateur. Il avait coiffé ses cheveux noirs en tresses africaines et il arborait un nouvel anneau en forme de flèche au travers de son sourcil. Il portait un jean noir avec des fermetures éclair et des sandales en cuir. Même la neige n'aurait pu l'empêcher de porter des sandales ; en fait, aucune intempérie ne pouvait affecter son style vestimentaire.

Quand il m'aperçut, il me lança un sourire éclatant.

— Quoi de neuf, Binnie ?

Je détestais ce surnom, mais je laissai passer car j'avais besoin de l'aide de Manny, un fouineur né et très doué. Il avait découvert ce qui était arrivé à mon ancienne école et accepté de garder le secret. En retour, je l'aidais à faire des prédictions pour sa chronique de « Manny, le voyant » dans le journal scolaire. Chaque fois que j'entendais les gens s'extasier sur son étonnante capacité à prédire l'avenir, je souriais.

J'observai la pièce, l'œil furtif, m'assurant que nous étions seuls. L'unique autre personne présente était monsieur Blakenship, mais ce dernier était occupé à noter des travaux.

— J'ai besoin de conseils, murmurai-je à Manny.

— Dis-moi tout, Binnie.

Le garçon roula une chaise près de lui et me fit signe de m'y asseoir.

— Dis tout à oncle Manny.

— Ne sois pas condescendant envers moi. C'est sérieux.

— N'ai-je pas la mine grave ?

— Pas avec ce sourire insolent.

Manny serra les lèvres jusqu'à ce qu'elles ne forment qu'une ligne mince.

— C'est mieux ? demanda-t-il.

— Maintenant, tu as l'air d'un psychopathe dément, m'exclamai-je en le frappant mollement sur l'épaule. Arrête de faire le fou ! Nona a des ennuis et elle a besoin que je retrouve un vieux livre.

— Alors, demande à Thorn. C'est elle, la spécialiste des objets perdus.

Je réfléchis à cette proposition pendant un court moment. La première fois que Manny m'avait présenté son amie gothique, Thorn, j'avais été impressionnée par le talent extraordinaire de cette dernière pour retrouver les objets. Par contre, j'avais été rebutée par son attitude bravache, ses multiples perçages et son collier à piques. Si je voulais continuer à fraterniser avec mes copines, passer du temps avec une gothique n'était pas exactement la chose à faire. De son côté, Thorn n'était pas entichée à l'idée de se faire voir avec moi. Néanmoins, elle s'était empressée de m'aider quand j'avais eu besoin d'elle et, derrière son maquillage à la Morticia[2] , j'avais découvert

_____

2. N.D.T.   Référence au personnage de Morticia Addams de la série américaine la famille Addams (The Addams Family).

une âme sœur. Comme moi, elle était née avec un don psychique. Elle appelait ça de la psychométrie. Elle était à l'aise avec ses habiletés, alors que moi j'en arrachais encore avec les miennes.

— Ça va au-delà des talents de Thorn, dis-je à Manny. L'objet que je cherche a été perdu il y a de nombreuses années.

— Depuis combien de temps ? demanda-t-il en levant son sourcil percé.

— Il y a cent ans, à dix ans près. Pour le trouver, je dois connaître mes ancêtres, mais je ne sais par où commencer.

— Aucun problème, dit Manny en faisant pivoter sa chaise vers l'ordinateur. Je connais des tas de sites sur la généalogie. Fournis-moi des noms et je vais te trouver l'information.

Je tombai presque à la renverse tant j'étais soulagée.

— C'est aussi facile que ça ! m'exclamai-je.

— As-tu déjà douté de moi ?

— Je te le dirai quand tu me donneras des réponses.

Manny esquissa un petit sourire malicieux.

— Oh, je le ferai, déclara-t-il. Cependant, ça va te coûter cher,

— Que devrai-je faire ? demandai-je prudemment en penchant la tête.

— J'écris un autre « Pleins feux sur l'avenir » pour le journal de l'école et j'aurais bien besoin de ta vision omnisciente. Ma victime, plutôt ma vedette, est un élève de première année dont le nom est Jayvon Bonner. Jette un coup d'œil à ta boule de cristal pour m'informer sur son compte et je ferai des recherches à l'ordinateur pour toi.

— Je ne peux pas te promettre de réussir, mais je vais essayer.

— Ça me suffit, répondit Manny en se grattant le menton. Alors, quelles personnes devrais-je chercher pour toi ?

* * *

Au cours de la cinquième période, pendant un travail particulièrement monotone, mon esprit se mit à vagabonder et, d'un coup, je vis l'avenir de Jayvon Bonner. Le garçon déménagerait au Colorado et s'entraînerait pour devenir un patineur artistique, sauf qu'une blessure à la cheville mettrait fin à ses rêves. Il irait ensuite vivre à New York et travaillerait aux décors de scènes dans de petites salles de spectacles à Broadway. Son talent dans les arts le mènerait éventuellement à une brillante carrière d'illustrateur de livres pour enfants.

Quand je rencontrai Manny dans notre classe à la sixième période, il fut enchanté lorsque je lui remis l'article. Ses yeux noirs brillaient de la lumière de mes découvertes et je sus qu'il avait aussi trouvé quelque chose. À l'instant où je lui posai la question, il se mit un doigt sur les lèvres.

— Il y a trop de gens autour, me murmura-t-il. Attends après le cours.

J'allai donc faire mon travail de correctrice d'épreuves pour le journal de l'école. C'était un bouleau facile qui, sans aucun risque pour moi, me mettait dans le coup des événements scolaires. D'habitude, j'avais du plaisir à faire ce boulot. Ce jour-là, l'article que j'avais à corriger décrivait un tournoi d'échecs et il était complètement anesthésiant pour l'esprit. Je fus soulagée quand la cloche sonna et que les jeunes sortirent en foule vers la liberté.

Je marchai à grandes enjambées vers le bureau de Manny.

— Crache le morceau ! m'écriai-je en retrouvant mon ami.

— Avant, tu dois me dire combien je suis génial, me lança-t-il avec un sourire insolent.

— Si ça te fait plaisir, répliquai-je en levant les yeux au ciel. Tu es génial.

— Ça ne me semble pas sincère.

— Ton génie est si grandiose ! La seule chose qui le dépasse, c'est ton ego démesuré. Est-ce assez sincère ?

— Binnie, tu me tues, fit Manny en esquissant un grand sourire.

— Ne me tente pas. Alors, as-tu découvert ce que sont devenues les filles d'Agnes ?

— Non. Cette recherche n'a donné aucun résultat.

Manny tapa sur le bureau avec la gomme à effacer au bout de son crayon à mine.

— Mais, en vérifiant les registres de la ville, poursuivit-il, j'ai trouvé de l'information sur la femme qui a pris soin des filles après le départ d'Agnes. Il s'agit de Martha Poindexter Kabkee, née en 1863 et décédée en 1943.

— En quoi est-ce utile ? demandai-je, découragée.

— Si Martha est restée en contact avec les sœurs après leur adoption, nous pourrions découvrir certains documents : des lettres, des cartes postales ou des agendas. De plus, ses descendants pourraient nous apprendre quelque chose.

— Mais comment les trouve-t-on ?

— J'ai déjà commencé.

Manny tenait une copie imprimée et je me penchai plus près pour la scruter.

— Il y a seulement un nom sur cette liste.

— Martha a eu un fils, qui lui-même a eu deux enfants, et l'un d'eux est mort en bas âge. Il ne reste donc que sa petite-fille qui, par hasard, vit en Californie, pas très loin d'ici d'ailleurs. Elle habite dans un centre pour retraités à Pine Peaks.

— Où est-ce ?

— Dans les sierras, pas loin de Lake Tahoe.

Je hochai la tête. J'étais des plus optimistes.

— Alors, lui as-tu téléphoné ? m'empressai-je de demander.

— Affirmatif. Toutefois, elle est en croisière jusqu'à vendredi. Je vais te remettre son numéro de téléphone et tu pourras l'appeler à son retour de voyage.

— Ça ne fonctionnera pas, nous interrompit une voix.

Je me retournai pour découvrir une mince fille aux cheveux noir corbeau et vêtue de cuir noir.

— Personne ne te donnera de renseignements importants au téléphone, ajouta-t-elle.

— Thorn ! m'exclamai-je, encore apeurée. Depuis combien de temps es-tu là ?

— Depuis assez longtemps pour savoir que tu recherches une vieille dame.

Thorn esquissa un sourire narquois.

— Mais tu t'y prends mal, ajouta-t-elle.

— Que proposes-tu ? lui rétorquai-je.

— Pourquoi téléphoner quand tu peux te présenter là-bas en personne ? m'interrogea-t-elle en m'adressant un délicieux sourire. C'est une coïncidence, mais j'ai justement une tante qui vit à Pine Peaks et elle me supplie toujours de la visiter. Je vais donc t'y conduire.

8

LES JOURS SUIVANTS FILÈRENT À LA VITESSE DE
l'éclair car ils étaient remplis de toutes sortes
d'activités. Il me fallait faire mes valises, obte-
nir la permission de manquer les cours du
vendredi, prévoir les devoirs à rendre et calmer Penny-Love qui était paniquée car elle

comptait sur mon aide pour l'organisation du Festival automnal.

— Je serai de retour samedi après-midi, lui promis-je en marchant vers l'école le mercredi matin. Ne t'inquiète pas.

— M'inquiéter, c'est ce que je fais de mieux, dit-elle d'un ton léger.

— Et tu le fais si bien. Sérieusement, je ne raterais la danse en aucun cas. J'ai déjà la robe parfaite, et le partenaire idéal.

Après les classes, je vérifiai la liste de tout ce que j'avais à faire. Je détestais quitter Nona, mais Dominic était de retour et je savais qu'il garderait un œil sur elle. Malheureusement, son voyage avait été un échec total. Il était revenu découragé et broyait du noir. Il s'était avéré que monsieur Tuttle buvait trop et qu'il mentait pour le plaisir de la chose. Il n'avait aucun agenda et aucune tante éloignée pré-nommée Agnes ; en fait, il ne possédait qu'un salon sale et jonché de bouteilles vides.

J'étais peinée pour Dominic, mais pleine d'espoir pour ma propre démarche car, lorsque j'avais consulté Opal, elle avait insinué que je trouverais des réponses à Pine Peaks. J'imaginais la scène le jour où je remettrais le livre de remèdes à Nona. Elle éclaterait en san-glots, me remercierait à n'en plus finir et se jetterait à mon cou. Dominic serait entièrement submergé d'admiration et il me féliciterait pour mon succès : « Je ne pensais pas que tu pouvais y arriver, dirait-il, mais tu as prouvé que j'avais tort. Tu es formidable. » Puis, il prendrait ma main, me regarderait dans les yeux et m'attirerait vers lui... UNE MINUTE ! Qu'est-ce qui pouvait bien me traverser l'esprit ?

Cette nuit-là, la danseuse revint dans mes rêves.

Entourée d'admirateurs, elle riait et flirtait, et sa large jupe tournoyait alors qu'elle dansait à tour de rôle avec chacun des jeunes hommes présents. Quand le bel étranger apparut, le songe passa de la clarté à l'obscurité et, tous deux, se firent face sur l'escarpement irrégulier. Il tendit la main vers elle, mais elle recula et lui lança des cris. Je ne pouvais pas distinguer ses mots, mais j'éprouvai une tristesse très profonde, comme si tous les cœurs de la terre s'étaient brisés.

Un vent s'éleva ; une tempête se préparait, le tonnerre grondait et les nuages étaient menaçants.

J'essayai de prévenir l'adolescente : « Ne t'approche pas de la falaise », lui dis-je. Or, tout s'accéléra comme si j'avais été emportée par une tornade. Quelqu'un courait à toute vitesse sur le sol rocheux et par-dessus l'escarpement pour tomber vers les arbres déchiquetés au bas de la falaise. Cette fois-ci, ce n'était pas la fille, mais un homme. Je ne pouvais voir son visage, mais une terrible peur me réveilla en sursaut.

Et j'eus l'affreux sentiment que l'individu qui tombait était quelqu'un que je connaissais déjà ou que je rencontrerais sous peu.

9

LE LENDEMAIN MATIN, NONA SE RAPPELA QU'ELLE
avait rendez-vous avec son amie Violette pour
le petit-déjeuner, mais elle oublia de changer
de vêtements. Si je n'avais pas couru devant sa
voiture pour l'empêcher de partir, elle serait
arrivée au restaurant en robe de nuit de soie
bleue et en pantoufles duveteuses. Ça aurait

été drôle si la situation n'avait pas été si tragique.

J'étais prête à annuler mon voyage et à rester à la maison pour prendre soin de grand-mère. Cependant, Nona ne voulut pas en entendre parler. Ce jour-là, je la suppliai de me laisser manquer la classe, mais elle eut ce regard têtu que je connais si bien et je perdis tout espoir. De plus, nous savions toutes les deux que le voyage que j'allais entreprendre lui offrait une possibilité de guérison.

Après l'école, Thorn arriva dans une jeep jaune et je grimpai sur le siège du passager. Une fois sur la route, Thorn mit un CD et monta le volume à fond. Je ne connaissais pas le groupe, mais le soliste était génial et il était très triste à propos de quelque chose. Thorn murmurait les mots de la chanson au son de la musique, comme si je n'avais pas été là.

« C'est parfait, il n'y a rien de plus amusant que d'être ignoré pendant un long voyage en voiture », pensai-je avec désarroi.

Changeant de position sous ma ceinture de sécurité, je regardai fixement les zones résidentielles ; les maisons étaient si près les unes des autres qu'on aurait pu marcher de toit en toit. Le quartier de San Jose où vivaient mes parents ressemblait à ça ; des demeures imposantes avec des jardinets qui étaient aménagés de façon à paraître aussi naturels que les forêts et les champs qu'ils avaient remplacés. J'occupais une chambre au fond donnant sur un petit patio où je restais assise des heures durant en faisant de l'artisanat, en dessinant ou en rêvant. Quelquefois, Amy prenait un siège à côté de moi et lisait en silence. Puis, Ashley se joignait à nous et provoquait la conversation jusqu'au moment où nous éclations de rire.

« Elles me manquent, pensai-je alors que le monde s'embrouillait derrière la vitre portière. Elles me haïssent certainement à présent, et pensent que je ne les aime pas assez pour aller à leur fête. »

Un goût amer dans la bouche, j'avalai ma salive et bloquai toute pensée. Le paysage changeait à mesure que nous prenions de l'altitude, les zones résidentielles faisant place à d'ondoyantes collines vertes avec des ormes fuselés et des érables brillants sous leur teinte rouge et or. Les feuilles qui se desséchaient émettaient une magnifique lumière. Je m'imaginai être une feuille morte, me laissant virevolter au gré du vent et disparaissant dans une forte brise.

À ce moment-là, la jeep roula sur un nid-de-poule et je me frappai durement le coude contre la portière.

— Aïe !

Je me frottai le coude. Je regardai du côté de Thorn pour voir si l'incident avait une quelconque répercussion sur elle, mais elle continuait à murmurer au son d'une musique tonitruante.

« Comment puis-je l'inciter à s'ouvrir ? me demandai-je. J'avais espéré apprendre à la connaître un peu plus durant ce voyage. Cette fille était la première personne de mon âge que je rencontrais qui possédait un don psychique. Son aura, à l'inverse de ses vêtements sombres, rayonnait de couleur lavande et jaune. Elle m'intriguait comme un présent emballé dont on ne connaît pas le contenu. Et ce dernier resterait mystérieux si Thorn ne se décidait pas à me parler. Je devais donc provoquer les événements.

Je tendis le bras et fermai le lecteur de CD.

— Qu'est-ce qui te prend ? s'écria Thorn.

Le soulignement exagéré de ses yeux en noir et ses ongles peints de la même couleur me donnaient l'impression de me retrouver devant un raton laveur en furie.

— J'étais en train d'écouter cette pièce ! poursuivit-elle.

— Comme tout le monde dans un rayon de deux cents kilomètres.

— L'excellente musique doit être partagée. Plus c'est fort, mieux c'est.

— Explique ça à mes douloureux tympans.

— Tu aurais pu me demander de baisser le volume.

— J'ai essayé, mais tu ne m'as pas entendue, expliquai-je. De plus, je veux jaser avec toi.

— Bien, moi, ça ne me tente pas.

— Pourquoi pas ?

— Je suis un peu mal à l'aise… lança Thorn en s'arrêtant brusquement à un feu rouge.

— Mal à l'aise à propos de quoi ? demandai-je.

— Rien d'important. D'ailleurs, de quoi parlerions-nous ?

— À toi de choisir.

— Mes amies et moi discutons habituellement de poésie, de cimetière et de vampirisme. De quoi *tes* copines jasent-elles ? De ce qu'elles ont l'intention de porter au Festival automnal ?

— Hum… d'autre chose, aussi.

Je n'ajoutai pas que je faisais partie du comité de décoration. Appréhendant que Thorn ne remette sa musique tonitruante, je poursuivis de plus belle.

— Tout ça ne signifie pas que nous n'ayons rien en commun. Par exemple, nous sommes psychiques.

Thorn haussa les épaules.

— Je peux trouver des trucs, répliqua-t-elle. Ça n'a rien d'extraordinaire.

— Manny croit le contraire. Il t'appelle « la détectrice ».

— Il raconte n'importe quoi, mais c'est un bon gars.

— Je comprends ce que tu veux dire, rétorquai-je en hochant la tête. Il est extravagant, mais si sincère qu'on ne peut s'empêcher de l'aimer.

— C'est fou le nombre de choses qu'il se permet en toute impunité. Plus il est choquant, plus les filles courent après lui. Chaque semaine, il a une nouvelle petite amie.

— Quelquefois deux, ajoutai-je pour plaisanter.

Thorn rit de bon cœur et, pendant un instant, elle me laissa voir le bouton en argent qui lui transperçait la langue.

— Puisque tu veux discuter, dit-elle, j'ai une question pour toi.

— Vas-y, répondis-je.

— Qu'est-ce qui se passe avec ta grand-mère ? Je t'ai entendue dire à Manny qu'elle était malade ; elle me semble pourtant bien se porter.

— C'est dur d'en parler, avouai-je en fronçant les sourcils.

— Parle ou je remets le CD et je monte le volume à fond.

— Bon…

Je marquai une pause, décidant que je devais bien une explication à mon amie.

— O.K., poursuivis-je, mais promets-moi de ne répéter à personne ce que je vais te dire.

— D'accord ! Ma promesse est sacrée.

Thorn croisa ses ongles noirs sur sa poitrine.

— Alors, qu'est-ce qui ne va pas avec ta grand-mère ? continua-t-elle.

— Hier, elle s'est levée tôt pour faire manger le bétail. Puis, une heure plus tard, elle est retournée nourrir les animaux et, de plus, elle m'a demandé si je l'avais fait. Elle a essayé de tourner ça en blague, mais je savais qu'elle n'avait aucun souvenir de ce qu'elle avait fait. Ce matin, elle s'est presque rendue à un petit-déjeuner vêtue de ses vêtements de nuit.

— Et alors ? Les gens plus âgés oublient beaucoup de choses comme celles-là.

— C'est plus que ça.

Je pris une profonde respiration et je décrivis la maladie de Nona. Quand j'eus terminé, je fus surprise de lire la compassion sur le visage de Thorn.

Ni l'une ni l'autre ne dit mot pendant plusieurs kilomètres. Le lourd silence régnait dans l'habitacle, un troisième compagnon discordant. Je fus tentée de remettre la radio et de faire éclater la musique.

Je me tournai plutôt vers Thorn.

— Tu as posé une question, lui dis-je, c'est à mon tour maintenant.

— Si tu veux, répondit-elle avec un haussement d'épaules que je pris pour un oui.

— Thorn, est-ce ton vrai nom ?

— Il est assez près de la réalité. En tout cas, il est mieux que celui choisi par mes parents.

— Quel est-il ?

— Je ne le dirai ni à toi ni à personne d'autre.

— Parle-moi des membres de ta famille, alors.

— Je ne leur ressemble en rien. Mes parents sont bien, du moins je le suppose, même s'ils ne savent pas quoi faire de moi. Endurer trois sœurs et deux frères est une entreprise démentielle ; alors, je ne passe pas beaucoup de temps à la maison.

— As-tu un petit ami ?

— Pas en ce moment, répondit Thorn en serrant ses lèvres mauves avec entêtement. Et toi ?

— Ouais, dis-je fièrement. Il se nomme Josh DeMarco. Tu l'as probablement vu dans notre entourage.

— Cheveux foncés, l'air séducteur dans un jean ajusté ?

— C'est lui, admis-je en souriant. Donc, je peux te poser une autre question ?

— Ça dépend de quoi il s'agit.

— Pourquoi une jeep jaune banane ? Je t'aurais imaginée au volant de quelque chose d'étrange qui s'harmoniserait mieux à ton look gothique, comme un corbillard noir.

— Un fourgon mortuaire serait formidable.

Thorn jeta un regard rapide dans le rétroviseur.

— C'est la jeep de ma mère, reprit-elle en se tournant vers moi. Elle a insisté pour que je prenne un véhicule à quatre roues motrices, car on prévoit un orage. Elle s'inquiète trop pour moi.

— Au moins, elle s'inquiète.

— Ouais. Pour une banlieusarde coincée, maman est quand même bien. Je n'ai pas à faire semblant avec elle. J'aimerais seulement que d'autres…

— D'autres quoi ? demandai-je.

— Rien. Juste des questions de famille.

— Bien…, ta mère semble gentille. Tu es chanceuse.

La tristesse m'envahit et je perdis soudainement l'envie de parler. Je me tournai de nouveau vers la vitre et Thorn remit la musique.

Je fermai les yeux et j'essayai de déchiffrer l'énergie de Thorn. Or, il n'y avait rien. C'était comme syntoniser un poste de radio et n'entendre qu'un bruit de friture.

— Pourquoi s'arrête-t-on ? m'enquis-je auprès de Thorn lorsqu'elle stoppa à une station-service. Ton réservoir est à moitié plein.

— Ce ne sera pas long, dit-elle sèchement en attrapant son sac de toile. Attends ici.

Elle se hâta ensuite vers la station-service.

Et j'attendis.

Cinq minutes, puis dix, s'écoulèrent. Je le sais, car je fixais ma montre, comptant chaque seconde. L'inquiétude me rongeait comme de l'acide. Thorn était-elle entrée aux toilettes parce qu'elle était malade ? Elle n'avait pas l'air bien quand elle était partie. Même sous le maquillage blanc fantôme de son visage, j'avais remarqué son teint pâle. Et elle semblait vraiment mal à l'aise. Avait-elle peur de quelque chose ?

Un autre cinq minutes passa et j'en eus assez.

Je poussai la portière de la jeep et me dirigeai vers les toilettes publiques. La porte n'était pas fermée à clé. Lorsque je jetai un coup d'œil dans la pièce, je vis une jeune fille au visage doux. Elle avait de courts cheveux blond foncé et portait une jupe rayée bleu foncé et des souliers de course d'un blanc étincelant qui me rappelaient ces uniformes scolaires guindés. Elle ne leva pas les yeux et continua à se laver les mains dans le lavabo. Je m'avançai et vérifiai les trois cabines de toilette. Les portes s'ouvrirent sur leurs gonds. Il n'y avait personne à l'intérieur.

Thorn avait disparu.

10

Stupéfaite, je me tournai vers l'adolescente
aux cheveux blonds.

— Où est mon amie ? demandai-je.

— Hein ?

La fille ferma le robinet et me lança un
regard amusé.

— Quelle amie ?

— La fille aux cheveux noirs. Elle est entrée, mais elle n'est jamais sortie !

— Ah… elle.

L'adolescente s'essuya les mains avec une serviette en papier qu'elle jeta à la poubelle.

— Elle est partie.

Je fixai la fille d'un regard anxieux, alors que je recevais d'étranges vibrations.

— Où est-elle allée, lui demandai-je.

Son aura semblait familière… mais ce n'était pas tout.

Lorsque je sursautai, l'adolescente se plia en deux tant elle riait. Je fus alors certaine de ce que je voyais, mais j'avais de la misère à y croire.

— Thorn, est-ce vraiment toi ?

— Ben… qu'en penses-tu ?

Même avec un visage tout frais nettoyé et d'autres vêtements, je reconnaissais la grimace sarcastique de Thorn.

— N'en fais pas tout un plat ! s'exclama-t-elle.

— Mais tu es tellement différente.

Thorn haussa les épaules.

— Et alors ? me lança-t-elle.

— Sans maquillage, tu sembles avoir à peu près douze ans, rétorquai-je.

— Ce n'est pas vrai. J'ai dix-sept ans… et je suis plus âgée que toi.

— Qu'est-il arrivé à tes cheveux noirs ?

— Ils sont là-dedans, répondit Thorn en faisant un geste en direction de son sac en toile.

— Une perruque ? dis-je d'un ton émerveillé alors que nous grimpions dans la jeep jaune. Tout ce temps, tu portais une perruque ? Et tes vrais cheveux sont blonds !

— Blond foncé. Ils sont ennuyeux, comme tout le monde dans ma famille.

— Pourquoi ne pas tout simplement teindre ta chevelure ?

— J'ai essayé, mais j'ai eu une réaction allergique. Alors, je me couvre les cheveux avec des perruques noires ; courtes ou longues ou encore avec des piques, selon mon humeur.

— Pourquoi revenir au blond maintenant ?

— Tu le sauras bientôt, dit Thorn d'un ton sinistre avant de démarrer le moteur et de glisser un CD dans le lecteur.

La conversation était terminée.

Pendant que nous roulions, je lançais continuellement des regards vers Thorn. Le tableau de bord illuminé de la voiture diffusait une lumière jaune pâle. Cette fille ressemblait à un ange ; c'était comme si elle portait un masque.

Il faisait sombre et il pleuvait quand nous ralentîmes pour tourner dans une allée en gravier devant une maison campagnarde. Une unique ampoule jaune brillait au-dessus de la porte d'entrée d'une maison de style ranch. Alors que nous approchions, le son du caoutchouc sur le gravier tonna comme un avertissement et des lampes s'allumèrent à l'intérieur. Et la porte s'ouvrit avec fracas.

— Prépare-toi, murmura Thorn.

Je me demandais si elle me parlait ou si elle s'adressait à elle-même. Elle éteignit le moteur, prit une grande respiration et sortit de la jeep. J'hésitai à peine un moment avant de la suivre.

— Tu es là ! s'exclama une femme d'âge moyen en se précipitant vers elle, les bras grand ouverts.

Elle portait une robe de chambre rose et des pantoufles. Ses cheveux bruns étaient tirés en arrière en une queue de cheval qui s'étirait jusqu'à sa taille.

— Charles, cria-t-elle en direction de la maison. Sors et viens accueillir ta nièce !

Un homme qui ressemblait à un maigre épouvantail apparut dans le cadre de la porte en boutonnant son manteau pendant qu'il se dépêchait de nous rejoindre. Alors que sa femme enlaçait Thorn, il s'approcha et tapota affectueusement la jeune fille sur l'épaule.

Je restai en retrait, incertaine de ma place dans cette réunion familiale. La dame leva alors les yeux et me remarqua. Elle se sépara de Thorn et, tout à coup, je fus enveloppée dans une douce et chaude embrassade.

— Tu dois être Sabine, dit-elle dans son élan.

Je hochai la tête timidement.

— Ma foi, tu es aussi jolie qu'un tournesol ! s'exclama la dame.

Elle recula d'un pas pour me regarder.

— Mais beaucoup trop mince, poursuivit-elle. Depuis combien de temps n'avez-vous pas mangé, les filles ? Enfin, ce n'est pas important. Venez à l'intérieur, j'ai un repas au chaud pour vous. J'espère que vous aimez les côtes levées, le brocoli et les pommes de terre en purée. J'ai aussi fait un gâteau aux carottes pour dessert.

Mon estomac grogna de plaisir.

— Merci, Madame… heu…

— Matthews. J'aurais dû me présenter tout de suite, mais j'avais supposé que tu connaissais tout sur nous.

La dame tapota affectueusement le bras de Thorn.

— Il est vrai que notre petite Beth n'a jamais été très bavarde, expliqua-t-elle.

J'ouvris la bouche pour demander « Qui ? » mais Thorn se plaça rapidement à mes côtés et me donna un coup de coude. Le regard qu'elle me lança signifiait « Ferme-la. »

Je mis simplement la main sur ma bouche afin de ne pas éclater de rire.

La dure et acerbe Thorn n'était rien d'autre que « notre petite Beth ».

* * *

— C'est vraiment embarrassant d'être baptisée d'après l'un des personnages du roman « Les quatre filles du docteur March », m'avoua Thorn quelques heures plus tard avec une mine renfrognée pendant qu'elle suspendait une jupe rouge dans le placard de la chambre d'invité que nous partagions. Mes sœurs se prénomment Jo, Meg et Amy.

— J'ai aussi une sœur qui s'appelle Amy.

Thorn haussa les épaules, comme si le fait que nous ayons une autre chose en commun ne représentait qu'une contrariété addition-nelle.

— Et mes frères sont aussi nommés d'après le même livre : Lawrence et Al... pour Alcott. C'est moi qui ai hérité du nom de la sœur qui meurt. C'est pathétique.

— Ça pourrait être pire, dis-je en étendant le dentifrice sur ma brosse à dents et en me tenant debout dans la cadre de la porte de la salle de bain adjacente.

Quand j'eus terminé, je branchai une veilleuse en forme de chandelle et me glissai sous un édredon en patchwork fait à la main. Des vases en cristal remplis d'aiguilles de pin et de roses diffusaient une fraîche et douce odeur dans la pièce, une touche personnelle qui ajoutait à l'accueil chaleureux que nous avions reçu. Madame Matthews était une cuisinière hors pair et une hôte généreuse. Au départ, son mari n'avait pas beaucoup parlé, mais il avait fini par s'ouvrir et raconter d'amusantes histoires à propos de « la petite Beth ». Quand Beth était plus jeune, elle avait trouvé un « chaton » errant qui, en réalité, était un bébé mouffette. Une autre fois, elle s'était fabriqué une forteresse secrète dans sa chambre à coucher en faisant un trou dans le placard.

Thorn éteignit la lampe de chevet placée entre nos lits jumeaux.

— Pourquoi une veilleuse ? s'enquit-elle, curieuse.

— Pour rien.

Je prétendis être soudain très occupée à débourrer mon oreiller.

— As-tu peur de l'obscurité ?

— Pourquoi me demandes-tu une chose pareille ? rouspétai-je d'un ton sec. Si la clarté te dérange, je peux l'éteindre.

— Non, elle ne me dérange pas. J'aime bien ça.

Je ne répliquai pas, mais j'étais soulagée.

— Par contre, il y a quelque chose qui me dérange, ajouta Thorn sur un ton plus sérieux. Tu as découvert des faits à mon sujet aujourd'hui et je ne tiens pas à ce que tu les fasses circuler.

— Ne t'inquiète pas. Je ne dirai rien.

— Tu ferais mieux.

Je ne pus résister à l'envie de taquiner mon amie.

— Pas même à Manny ?

— En particulier, lui ! s'exclama Thorn en roulant les yeux. Je n'aurai donc jamais fini d'en entendre parler.

— Tes secrets sont bien gardés avec moi, la rassurai-je en tirant les couvertures sur mes épaules. Mais pourquoi faire semblant avec ta tante et ton oncle ? Ils ont l'air vraiment gentils.

— Voici la raison pour laquelle je ne peux pas les décevoir : ils n'ont jamais eu d'enfants et ils m'ont presque adoptée. Ils pensent que je suis une douce et innocente petite fille et ils ne s'en remettraient pas s'ils me voyaient avec mon maquillage noir. Je ne veux pas leur faire de chagrin.

— Sois prudente, Thorn, ou tu pourrais te découvrir un cœur, dis-je d'un ton léger.

— Toi, fais attention, ou je te mets mon poing au visage.

— Tout ce que tu veux… Beth.

— Ne m'appelle pas comme ça !

J'esquivai l'oreiller que Thorn me lança.

11

JE M'ÉVEILLAI EN HUMANT LA MERVEILLEUSE odeur du bacon et au son des œufs qui pétillent. Le lit de Thorn était vide. Lorsque je regardai ma montre, je fus étonnée de constater qu'il était déjà un peu plus de neuf heures trente et que j'avais dormi tout ce temps. Je passai mes vêtements en vitesse et courus au rez-de-chaussée.

Avant que je n'aie pu dire « bonjour », madame Matthews m'avait fait asseoir à la table de la salle à manger et elle me servait une assiette pleine de gaufres aux bleuets encore toutes chaudes. Elle insista pour que je l'appelle « tante Deb » et me pressait sans cesse de manger davantage.

Monsieur Matthews sirotait son café et avait d'autres histoires à propos de « notre petite Beth ». Il ne put retenir un rire lorsqu'il raconta qu'un jour Beth, qui avait alors deux ans et qui n'était pas tout à fait propre, s'était accidentellement échappée dans le tout nouveau spa d'un voisin. À ce moment, Thorn devint aussi rouge que les confitures aux fraises étendues sur sa rôtie. J'aurais eu pitié d'elle, si je ne m'étais tant bidonnée.

Un peu plus tard, Thorn et moi offrîmes nos services pour faire la vaisselle. Une fois que nous eûmes terminé la besogne, l'oncle de Thorn nous indiqua le chemin à prendre pour nous rendre au Centre pour personnes âgées Peaceful Pines. Nous étions enfin en route pour en savoir plus sur mes ancêtres. J'étais excitée, mais également fébrile.

— Nous aurions dû téléphoner avant de nous présenter, dis-je en bouclant ma ceinture de sécurité.

— Et perdre l'avantage de la surprise ? rétorqua Thorn en démarrant la jeep. Pas question ! Nous en apprendrons davantage si nous nous rendons directement.

— Pourvu que ce ne soit pas nous qui soyons surprises, lui fis-je remarquer en levant les yeux vers les nuages noirs qui traversaient le ciel gris.

La température avait chuté et l'air avait une odeur de pluie. Je n'avais pas besoin d'habiletés psychiques pour savoir qu'un orage se préparait.

Pine Peaks était un petit village de montagne qui ne comptait que quelques pâtés de commerces pittoresques de chaque côté de la rue Pine. Ce fut toute une surprise lorsque nous sommes restées coincées dans un bouchon de circulation. Un écriteau indiquait une population de 835 habitants, mais cette dernière semblait avoir triplé. Des voitures étaient entassées dans tous les espaces disponibles et le seul motel de l'endroit affichait « complet ».

— Qu'est-ce qui cause ce ralentissement ? demandai-je.

— Ne savent-ils pas que les petites villes sont censées être tranquilles ? gueula Thorn en frappant le tableau de bord.

— Aujourd'hui, il n'y a rien de petit ou de tranquille à Pine Peaks, dis-je en regardant autour avec curiosité. Je me demande ce qui se passe.

Après avoir patienté pendant trois cycles devant le même feu de circulation, nous découvrîmes la raison de cette cohue. Une grande bannière s'étendait à travers une arche à l'entrée d'un parc. On pouvait y lire « Neuvième célébration annuelle pour Chloé de Pine Peaks ».

— Chloé ? lus-je, intriguée. Qui est-ce ?

— Comme si je le savais ou si ça m'intéressais, répondit Thorn, dépitée.

Elle jurait encore lorsque le trafic s'arrêta complètement.

— Ma tante m'avait avertie que les routes seraient encombrées, mais je ne l'ai pas crue. Résultat, nous sommes coincées dans un quelconque festival. D'où viennent tous ces gens ?

— Cette fourgonnette arrive de Sacramento, dis-je en pointant une fourgonnette blanche, dont le logo d'une station de radio était peint sur un des côtés. Et regarde là-bas ! N'est-ce pas Heidi de la chaîne 3 ? La lectrice de nouvelles très désinvolte qui…

— Regarde la plaque d'immatriculation devant nous ! m'interrompit Thorn en chuchotant... Floride.

— ... sourit toujours, terminai-je ma phrase.

Je montrai ensuite du doigt une voiture rouge.

— Voilà une plaque du Texas.

— Cette voiture stationnée vient de l'Arizona, fit remarquer Thorn. Cette fille, Chloé, doit être vraiment sensationnelle.

— Une chanteuse ou une actrice célèbre, essayai-je de deviner en observant la foule de gens qui se déplaçaient sur les trottoirs, tous vêtus de t-shirts jaunes identiques.

— Le fait d'être célèbre ne lui donne pas le droit de perturber la circulation, grogna Thorn. Ce landau pour enfants avance plus vite que nous. J'en ai assez ! Je vais savoir ce qui se passe.

— Comment ? demandai-je.

— Regarde-moi bien faire.

Thorn baissa sa vitre et interpella le groupe aux t-shirts jaunes.

— Hé ! Quelqu'un peut-il répondre à une question ?

Les gens aux t-shirts jaunes se tournèrent vers Thorn, puis s'entretinrent les uns avec les autres. Après quelques minutes, une femme à la silhouette de poire portant des chaussures basses noir et blanc de style rétro s'avança. Elle avait probablement plus de trente ans, mais elle paraissait plus jeune avec sa queue de cheval frisée qui se balançait au gré de ses mouvements.

— Bonjour ! nous salua-t-elle avec un sourire qui révéla des broches teintées de bleu. Puis-je vous être utile ?

— Ouais, fit Thorn en pointant le t-shirt jaune de la femme. Qu'est-ce que tout le monde célèbre ?

— Nous nous regroupons ici tous les mois d'octobre pour voir Chloé, répondit-elle, comme si cela expliquait tout.

— Chloé qui ?

— Ne me dites pas que vous n'avez jamais entendu parler d'elle !

La voix de la dame s'amplifia d'étonnement.

— Elle est célèbre !

— Pas pour moi, répliqua Thorn en secouant sa tête blonde. Est-elle quelque part dans les parages ?

— Elle est partout et nulle part, répondit la femme en ouvrant grand les bras. Si le temps coopère, nous la verrons bientôt.

— Ah, dit Thorn en arquant un sourcil qui paraissait nu sans son anneau. Annulerait-elle son spectacle s'il pleuvait ?

— Au contraire. Elle apparaît seulement sous la pluie. Les orages, c'est encore mieux.

— Pardon ? lança Thorn, incrédule.

Puis elle me jeta un regard en coin. Je haussai les épaules. Si cette femme était l'admiratrice typique de Chloé, nous voulions nous éloigner en vitesse. J'espérais que le feu de circulation passe au vert le plus tôt possible.

— Je suis la présidente du fan-club de Chloé, expliqua la dame, et j'ai aidé à organiser ce regroupement. Notre événement principal a lieu samedi soir mais, s'il y a un orage ce soir, nous allons nous réunir dans le pavillon.

Elle fit une courte pause.

— Venez vous joindre à nous, poursuivit-elle en guise d'invitation. Si nous sommes chanceux, Chloé fera peut-être une apparition.

— Vous vous donnez autant de mal pour quelqu'un qui pourrait ne pas venir ? lui demanda Thorn, toujours incrédule. Chloé me paraît être une diva vraiment impolie.

— Elle doit faire un long voyage.

— Ce n'est pas une excuse, rétorqua mon amie. Elle peut toujours prendre son avion privé et venir saluer ses admirateurs.

— Si seulement c'était si facile, dit la femme en lâchant un soupir bon enfant. Cependant, nous ne pouvons nous attendre à ce que Chloé se manifeste quand nous le souhaitons.

— Pourquoi pas ? demanda Thorn.

— Chloé est morte depuis plus de cinquante ans.

12

— POURQUOI VOUDRAIT-ON CÉLÉBRER L'ANNIVER-
saire d'un fantôme ? demanda Thorn alors que
nous arrivions au Centre pour personnes
âgées Peaceful Pines. C'est encore pire que
ceux qui croient qu'Elvis est toujours vivant !

— Tu veux dire qu'il ne l'est pas ?

Thorn me lança un regard ahuri, puis elle me tapa mollement l'épaule quand elle se rendit compte que je la taquinais.

— C'est chouette que, après tant d'années, des gens se rappellent Chloé avec affection, ajoutai-je en débouclant ma ceinture de sécurité.

— Ça n'a rien de chouette. C'est tout un cirque monté uniquement pour attirer les touristes. Venez voir notre fantôme. Ah ! Je parie que tout ça est truqué.

— Pourquoi ça ne pourrait pas être vrai ? C'est logique que Chloé se montre seulement quand il pleut. Avec l'électricité dans l'air, la connexion avec l'Au-delà se fait plus facilement.

— Bien sûr, tu sais tout sur les fantômes, dit Thorn avec une pointe de sarcasme.

— Vraiment pas... mais j'en ai vu quelques-uns. Pas toi ?

Thorn secoua la tête fermement

— Non, répondit-elle.

— Jamais ?

— Non. Et ça ne m'intéresse pas.

— Pourquoi pas ? demandai-je, un peu déçue de ne pas avoir ça en commun avec elle. La plupart des gens souhaitent entrevoir une dernière fois un être cher.

— Eh bien, je ne suis pas comme la plupart des gens. Je te le répète sans cesse, le fait que je puisse trouver des choses est seulement un jeu pour moi. Je n'ai pas d'autres aptitudes spéciales. Je ne veux pas qu'un quelconque fantôme apparaisse à mes côtés sous la douche. Les personnes décédées devraient le rester.

Mon amie s'indignait avec trop de conviction et je sentis qu'elle ne me disait pas toute la vérité. « A-t-elle peur des fantômes ? » me demandai-je.

Avant que je n'aie pu lui poser la question, nous atteignîmes le Centre et vîmes une porte portant l'inscription « Directrice ». Le tintement d'une cloche annonça notre arrivée et une frêle dame tenant un chihuahua à poil long au creux de son bras s'avança vers nous. Ses cheveux relevés sur sa tête étaient d'un blond argenté et son cou ridé tranchait avec son visage artificiellement lisse.

— Bonjour, je suis Helen Fontaine. Que puis-je faire pour vous ? demanda-t-elle d'une voix au son plus aigu que celui des jappements de son chien.

— Nous sommes ici pour rencontrer Eleanor Baskers, répondit poliment Thorn.

— Oh, et vous êtes ? demanda Helen, ses yeux sombres remplis de curiosité. Ellie ne m'a jamais dit qu'elle avait des petites-filles, seulement des petits-fils.

— Nous ne sommes pas de la famille, lui expliquai-je.

— Je ne pensais pas que vous en faisiez partie, me rétorqua-t-elle, pas avec cette chevelure blonde.

Elle se détourna de moi et observa Thorn en fronçant les sourcils.

— Ton visage m'est familier… est-ce que je te connais ?

— Non, répondit Thorn en secouant la tête. Je ne suis pas d'ici.

— Tu es certaine ? ne put s'empêcher de demander Helen.

Elle fit une courte pause.

— Ce petit nez retroussé et la façon dont ta bouche s'étire d'un côté… j'y suis ! s'exclama-t-elle en claquant les doigts. Laquelle des filles du docteur March es-tu ? Amy, Meg ou Beth ?

— Heu… Beth, répondit Thorn, les joues rouge vif.

— Oh, celle qui meurt… dans le livre, bien sûr, précisa Helen en riant. Ta tante et moi, nous nous connaissons depuis des lustres. J'étais son professeur d'enseignement religieux et…

— Nous ne pouvons pas rester longtemps, l'interrompis-je, volant au secours de Thorn.

Comment se rend-on au pavillon de madame Baskers ?

— C'est le numéro 261. Cependant, Ellie est absente. Elle est en croisière dans les Caraïbes.

— N'est-elle pas censée revenir aujourd'hui, interrogea Thorn en fronçant les sourcils.

— Son avion a été retenu en Floride en raison d'un violent orage, répondit Helen tout en caressant la douce fourrure de son chien. Ellie a téléphoné il y a quelques heures pour dire qu'elle ne serait pas de retour avant demain.

— Demain ! m'écriai-je, mes espoirs diminuant à vue d'œil.

— Je suis désolée, les filles. Revenez à ce moment-là et je suis certaine qu'Ellie sera heureuse de vous parler.

Le téléphone sonna et le chihuahua recommença à japper. Helen fit taire son chien, nous salua de la main, puis tourna les talons pour prendre l'appel.

— Et maintenant, qu'est-ce qu'on fait ? demandai-je à Thorn en expirant profondément alors que nous quittions le bureau.

Le carillon au-dessus de la porte tinta si joyeusement que j'eus envie de le casser.

— Nous revenons demain, répondit Thorn, résignée.

— Mais ça signifie qu'il nous faut rester une nuit de plus. Ta tante et ton oncle seront-ils d'accord pour nous héberger ?

— Ils vont clamer notre présence sur tous les toits. Ils nous adorent.

— Ils ont été merveilleux, sauf que je déteste traîner ici et ne rien faire.

Je m'arrêtai dans l'allée pavée, regardant les pins qui nous dominaient de leur hauteur et le ciel couvert qui semblait se refermer sur nous. Je me demandais comment se portait Nona. J'aurais dû être avec elle, non à des centaines de kilomètres.

— Alors, nous ferons quelque chose, suggéra Thorn. Tu veux aller visiter les boutiques du coin ?

Je posai ma main en cornet autour de mon oreille, incertaine d'avoir bien entendu.

— Le Code de conduite des gothiques permet-il de faire les magasins ?

— Le paragraphe deux de la page cinquante dit que la seule règle des gothiques est de ne pas en avoir, m'informa Thorn avec arrogance. D'ailleurs, je fais d'excellentes trouvailles dans les friperies. Une fois, j'y ai trouvé des fils barbelés en rouleau pour seulement un dollar et je les ai tressés pour en faire une ceinture follement originale.

— Je passe mon tour pour les accessoires en fils barbelés.

— Alors, achète quelque chose de plus touristique, par exemple un de ces t-shirts banals en l'honneur de Chloé.

— Je le ferai si tu en prends un aussi, narguai-je Thorn.

— Pas question.

— Pourtant, un t-shirt jaune s'harmoniserait parfaitement avec ta jeep, plaisantai-je.

— C'est la jeep de ma mère, non la mienne.

Thorn s'élança pour me gifler, mais je fis un pas de côté pour l'éviter et courus le long d'une allée de pierre.

Cette allée menait à un parc joliment paysagé avec des bancs en osier et des jardins de fleurs. L'air humide transportait des effluves de gazon fraîchement coupé. Derrière des arbres ombrageux, j'aperçus de chaleureuses maisons de stuc blanc. Je me demandai dans laquelle habitait Eleanor.

J'entendis Thorn appeler mon nom et je me retournai. Je la rattrapai à côté d'un pavillon de style campagnard. Alors que nous passions sous une large fenêtre panoramique, un rire résonna à l'intérieur du bâtiment. Curieuse, je jetai un coup d'œil par la fenêtre et je vis plusieurs personnes âgées regroupées devant un téléviseur grand écran. Un autre groupe était réuni autour d'une table à cartes, chacun des joueurs étudiant sa main en la protégeant du regard des voisins. Seule dans un coin tranquille, une fragile dame aux cheveux roux était assise dans un fauteuil inclinable bleu. Elle portait un de ces t-shirts jaunes avec une inscription en lettres noires qui disait : « Nous t'aimons, Chloé ».

« Encore une admiratrice ! pensai-je. Pourquoi Chloé est-elle si populaire ? Est-ce à cause de sa vie ou de son décès ? Quel pouvoir d'attraction avait-elle pour que des hordes de gens viennent dans cette petite ville cinquante ans après sa mort ? »

Je fus envahie par une immense curiosité. Je devais en savoir plus.

— Où vas-tu ? s'enquit Thorn.

— À l'intérieur.

Je marchai vers la porte et j'entrai dans le pavillon.

Personne ne me bloqua la route pour me demander ce que je faisais là. Les joueurs de cartes m'ignorèrent et les téléspectateurs riraient en regardant un vieil épisode de l'émission « I love Lucy ». Je traversai la pièce en direction de la femme esseulée.

Vus de près, ses cheveux étaient plus roses que roux, me rappelant la barbe à papa. La dame ne tenait pas un livre comme je m'y attendais, mais un jeu électronique. Elle était concentrée sur sa partie. Ses doigts couraient à toute vitesse sur les touches, accompagnés de bips musicaux, de bruits d'accidents et d'explosions.

La femme ne m'ayant pas remarquée, je lui tapai sur l'épaule.

— Excusez-moi…

Surprise, la dame sursauta. Ses mains glissèrent de son jeu et une déflagration se fit entendre. Le minuscule écran vira au noir.

La femme se tourna rapidement vers moi en me lançant un regard accusateur.

— Tu as tué mon magicien !

— Je… je n'en avais pas l'intention, bredouillai-je.

— J'aurais dépassé mon plus haut pointage si tu ne m'avais pas interrompue.

— J'essayais juste d'attirer votre attention.

— Tu as vraiment réussi ! gémit la dame en lançant son jeu sur la table de bout. Je n'ai même pas eu l'occasion de sauvegarder ma partie.

— Je suis désolée.

Je ne savais pas quoi dire d'autre et je tendis les mains devant moi en signe d'excuse.

— Ce qui est fait est fait.

La femme haussa les épaules, puis, de façon inattendue, elle me fit un sourire qui dévoila un dentier d'un blanc étincelant.

— J'essaierai tout simplement de battre mon record un peu plus tard, continua-t-elle. Alors, que veux-tu ?

— Pas grand-chose… Enfin, je désirais juste savoir…

Je rougis d'embarras.

— Votre t-shirt, balbutiai-je.

— Cette chose ridicule ! s'exclama la dame en tirant sur un pli dans son t-shirt. J'ai acheté ce chandail chez Tansy's Trinkets pour 13,95 $, mais tu peux en trouver des semblables à peu près partout à Pine Peaks.

— Beaucoup de gens en portaient un lorsque nous avons traversé la ville.

— À quoi t'attendais-tu ? Nous sommes en octobre.

— Mais pourquoi autant d'intérêt envers Chloé ? Je n'ai jamais entendu parler d'elle avant aujourd'hui. Tout ce que je sais, c'est qu'elle est morte il y a cinquante ans.

— Pour être exacte, je dirai ça fait cinquante-quatre ans.

Les yeux bleu délavé de la dame âgée se fixèrent dans le vide, comme si elle voyait dans le passé.

— Toute la tragédie aurait pu être évitée si Chloé m'avait écoutée, expliqua-t-elle.

— Vous l'avez vraiment connue ?

— Mieux que personne. Elle était ma plus chère amie. Nous étions si souvent ensemble que les gens nous confondaient ; certains m'appelaient Chloé et d'autres l'appelaient Cathy. Mon père nous avait surnommées « les indomptables C », car nous pouvions être très rebelles.

Il était difficile d'imaginer cette femme fragile aux cheveux couleur barbe à papa comme une « déchaînée ». Je hochai la tête, l'encourageant à continuer de parler. On pourrait dire que c'était pervers, mais toute cette célébration pour un fantôme m'intriguait.

— Nous faisions tout ensemble, expliqua Cathy. Nous inventions des paroles idiotes sur nos musiques préférées, nous pratiquions des pas de danse et nous sortions à quatre avec nos petits amis. Bien sûr, ses parents ne lui permettaient pas de sortir souvent car ils étaient très sévères, mais elle s'échappait en cachette par la fenêtre du sous-sol. Comme notre date de naissance était à deux jours d'intervalle, nos familles nous fêtaient ensemble. Mais ce n'est pas cet anniversaire qu'ils célèbrent à présent.

Une ombre d'amertume traversa son visage ridé.

— C'est le jour de sa mort, poursuivit-elle.

— Comment est-elle décédée ?

— C'est trop terrible pour en parler. Les gens ont appelé ça « un accident », mais je sais qu'il en est tout autrement.

Les lèvres minces de Cathy se serrèrent et ses yeux rétrécirent sous la colère.

— C'était de *sa* faute, expliqua-t-elle.

— De qui parlez-vous ?

— Je ne dirai pas de mal de quelqu'un qui n'est plus là pour se défendre, rétorqua Cathy en secouant la tête. Cependant, si ce n'avait pas été de lui, Chloé ne serait pas sortie ce soir-là. Elle aurait épousé Theodore, son fiancé qui l'adorait, et elle serait encore en vie. C'était un secret, mais j'étais au courant de tout.

— Theodore a dû avoir le cœur brisé lorsque Chloé est morte, dis-je d'une voix douce.

— Elle lui a brisé le cœur bien avant ça. Elle était mon amie et je l'aimais, mais je n'approuvais pas sa façon de le traiter. Il méritait quelqu'un de mieux qu'elle.

« Comme vous ? » me demandai-je.

— Que lui est-il arrivé ?

— Il a eu une longue et éminente carrière dans la marine, jusqu'à devenir amiral. Quand il a pris sa retraite, il a emménagé dans la maison voisine de la mienne. Il ne s'est jamais marié et il refuse de parler de Chloé. Je suis la seule à le visiter. Tout ce tralala à propos d'elle… Pourtant, le musée Chloé ne mentionne même pas leurs fiançailles.

— Chloé a son propre musée ? m'enquis-je, étonnée.

— Ça semble un peu idiot, n'est-ce pas ? C'est ce qu'ont pensé plusieurs d'entre nous quand le musée a ouvert ses portes il y a quatorze ans, mais c'est maintenant l'attraction touristique numéro un de Pine Peaks. C'est le vieil édifice en brique à côté du coiffeur pour hommes. Un type du nom de Kasper s'en occupe.

— Est-ce une mauvaise blague ? Casper, le fantôme, gère un musée pour un autre fantôme ?

— Kasper avec un « K », me reprit Cathy en souriant en signe d'approbation. Je suis surprise que quelqu'un d'aussi jeune que toi se souvienne de vieux dessins animés.

— Ils passent sur une chaîne spécialisée. Je ne regarde plus les dessins animés… mais je le faisais auparavant.

« Avec mes sœurs », me rappelai-je avec un douloureux serrement de cœur. Bien sûr, elles pouvaient être quelquefois exaspérantes, mais nous avons aussi eu de bons moments. Par exemple, si mes parents partaient en week-end, je faisais des crêpes en forme d'animaux et nous regardions les dessins animés.

— Assure-toi de visiter le musée pendant que tu es en ville, me conseilla Cathy. Kasper te racontera des tas de choses sur Chloé… des choses pas toutes vraies, mais amusantes.

— J'aimerais mieux que ce soit vous qui m'en appreniez davantage sur Chloé.

— J'en ai déjà assez dit. Tu trouveras beaucoup d'information dans le *Piney Press* de cette semaine.

Cathy me tendit un journal qui traînait sur la table de bout. Par la suite, elle me souhaita bonne chance et ralluma son jeu électronique.

Lorsque je remis les pieds à l'extérieur, je ne vis pas Thorn. Je marchai vers le stationnement et l'aperçus qui m'attendait près de la jeep.

— Tu en as mis du temps, me fit-elle remarquer.

— Je suis désolée. J'ai cependant appris des choses intéressantes.

— À quel sujet ?

— Chloé, répondis-je simplement. J'ai parlé à sa meilleure amie.

— Un fantôme a une meilleure amie ?

— Elles se connaissaient durant leur enfance. La dame m'a donné ce journal et m'a affirmé qu'il contenait un article sur Chloé.

— Super ! Fais-moi voir.

Je remis le journal à Thorn et nous le dépliâmes ensemble. Sur la première page, un titre en gras attira instantanément mon attention : « Record d'assistance pour la célébration en l'honneur de Chloé ». Sous la légende, il y avait une photo en noir et blanc d'une jolie fille aux cheveux sombres et ondulés. Celle-ci portait une jupe mi-longue et un chandail ajusté qui mettait en valeur ses courbes voluptueuses. Son sourire doux et sensuel était invitant, et pourtant il cachait des secrets.

Je dus pousser un cri de surprise, car Thorn me demanda ce qui n'allait pas. Cependant, tout ce que je pus faire, ce fut de regarder fixement le journal. Je savais à présent de quelle façon était morte Chloé.

Elle était tombée du haut d'une falaise pour trouver la mort.

Et j'avais été témoin de l'événement... en rêve.

13

— Est-ce que ça va ? me demanda Thorn alors que, en raison de l'intense circulation, nous approchions lentement de Pine Peaks. Tu n'as pas prononcé un mot depuis des kilomètres.

— Je suis simplement fatiguée.

— C'est plus que ça. Ton tracas a quelque chose à voir avec Chloé. Pourquoi cette obsession ?

— Pour rien.

— Je ne te crois pas. Tu agis de façon plus étrange qu'à l'habitude. As-tu eu une de tes visions ou as-tu vu un fantôme ?

— Donc, les fantômes, tu y *crois* ? répliquai-je.

— Ben, réveille, rétorqua Thorn en levant les yeux au ciel. Je pense que tout est possible. Cependant, je ne passe pas mon temps à parler aux fantômes comme tu le fais.

— Ce n'est pas vrai. La plupart du temps, j'essaie de bloquer la communication entre nous. Par contre, il m'est difficile d'ignorer ma guide spirituelle, Opal, qui adore m'embêter.

— Esprit, fantôme… c'est du pareil au même, non ?

— Pas du tout.

Très heureuse que la conversation ait dévié, je pivotai sur mon siège pour faire face à mon amie.

— Les esprits sont des gens qui sont passés dans l'Au-delà en toute sécurité, expliquai-je. Ils peuvent revenir nous rendre visite et nous apparaître dans les rêves. Les fantômes, toutefois, sont désorientés car ils ne réalisent habituellement pas qu'ils sont morts. Ils sont donc coincés ici.

Coincés ici. Ces mots résonnèrent dans ma tête et un sombre pressentiment me fit frissonner. Mes poings se serrèrent avec tant de force que mes jointures en devinrent blanches. Des pensées et des images se superposèrent pour constituer une révélation claire. Ma venue à Pine Peaks n'était pas un hasard. Eleanor Baskers n'avait probablement aucune information sur les breloques manquantes. J'avais été appelée ici par des rêves, attirée par un fantôme. Ce voyage ne concernait plus Nona.

Chloé menait les opérations.

Je détestais être manipulée. Or, j'éprouvais le sentiment que Chloé continuerait à hanter mes rêves jusqu'à ce qu'elle arrive à ses fins, quelles qu'elles soient.

— Je dois aller voir le musée, dis-je à Thorn.

— Tu te laisses emporter par tout ce battage publicitaire sur Chloé ? Es-tu sérieuse ou montres-tu les premiers signes de folie ?

— Les deux.

Malgré une forte envie d'échapper à une impression d'un danger grandissant, je m'efforçai de sourire avec sérénité.

— Pas de doute, tu es folle, décida Thorn en haussant les épaules, mais ça pourrait être amusant et nous avons du temps à perdre. Allons-y !

Trouver le musée fut un jeu d'enfant. En ce qui concerne le stationnement, ce fut quasi impossible. Or, lorsque Thorn voulait une chose, rien ne l'arrêtait. Après avoir parcouru les rues adjacentes, elle se glissa dans un espace au moment où une autre voiture en sortait.

Un grand panneau en séquoia formait une arche au-dessus de la porte et on pouvait y lire : « Musée Chloé ». À l'intérieur de l'édifice en brique, on se serait cru comme dans un tombeau. L'air froid sentait les temps passés. Frissonnante, je serrai mon manteau sur mes épaules.

Nous passâmes dans un petit salon éclairé par des lampes en forme de cônes déposées sur des tables en bois. Il y avait une odeur de citron, et de la musique des années cinquante jouait en sourdine. La décoration était tout à fait rétro : un canapé vert olive et une causeuse assortie étaient disposés autour d'une table à café ovale au dessus vitré et un épais tapis à poil long étouffait le son des pas des visiteurs.

— Ça me rappelle la maison de ma grand-mère, dit Thorn en enfonçant le doigt dans un des coussins gonflés du canapé. Je parie qu'il y a aussi une cuisine avec un affreux linoléum à carreaux noirs et blancs.

— On dirait qu'on doit se rendre au fond du couloir, dis-je en pointant un panonceau en bois annonçant la direction du musée.

En suivant les flèches, nous traversâmes des portes françaises et entrâmes dans une grande pièce ouverte aux plafonniers éblouissants. L'air n'était plus humide, et pourtant mes bras se couvrirent de chair de poule.

— Bienvenue ! nous accueillit une voix joyeuse et tonitruante.

Le vieil homme chauve, qui émergea de derrière un étalage de vêtements, était aussi rond qu'un ballon de plage. Le t-shirt jaune qui s'étirait sur sa poitrine devait être de taille XXL. Et son sourire semblait encore plus large.

— Heu, bonjour, dis-je, mal à l'aise. Nous cherchons Kasper.

— Félicitations ! vous m'avez trouvé ! déclara le vieil homme avec une étincelle à l'œil. Que puis-je faire pour vous, jolies jeunes dames ? Que diriez-vous d'un authentique souvenir de Chloé ? Tous les articles ayant une étiquette rouge sont réduits de dix pour cent aujourd'hui. Choisissez parmi les t-shirts, les porte-clés, les lacets de soulier, les poupées, les chapeaux, les bas et les brosses à dents.

— Des brosses à dents ? lança Thorn, perplexe. Y a-t-il vraiment des gens qui se lavent les dents avec des brosses du modèle Chloé ?

— Bien sûr ! Nous les avons dans de séduisantes teintes de rose, de bleu et de rouge. Par contre, nos meilleurs vendeurs, ce sont les aimants pour le réfrigérateur. Aimeriez-vous voir notre assortiment ?

— Nous préférerions en apprendre davantage à propos de Chloé, répondis-je en faisant lentement pivoter un présentoir de cartes postales.

J'en sélectionnai une qui présentait Chloé en train de danser. Elle portait une ample jupe à mi-mollet qui tournoyait dans la brise d'un pavillon d'extérieur.

« Exactement comme dans mon rêve », pensais-je avec anxiété.

— Eh bien, vous êtes au bon endroit, dit Kasper. Je suis un spécialiste de l'inexpliqué et j'ai écrit de nombreux livres sur des sujets touchant les manifestations paranormales. Je sais tout sur notre célèbre fantôme.

Thorn pencha la tête dans sa direction.

— L'avez-vous vu de vos propres yeux ?

— Bien sûr ! Aussi clairement que je vous vois toutes les deux.

Je levai un sourcil, tentée de faire remarquer à Kasper que peu de gens voyaient les fantômes aussi *clairement* qu'il le disait. Je savais qu'il exagérait, mais je ne voyais aucune raison de gâcher son plaisir.

— Après avoir pris ma retraite, continuat-il, j'ai été tellement fasciné par Chloé que j'en ai fait mon passe-temps.

— Je n'ai jamais entendu parler de quelqu'un dont le passe-temps est un fantôme, déclara Thorn.

— À présent, c'est fait, dit Kasper en frappant le comptoir de la main et en riant comme s'il venait de raconter une blague hilarante. Ce bâtiment dans lequel vous êtes en ce moment est imprégné de l'histoire de Chloé. Il a été sa maison pendant les dix-sept années de sa vie et, à partir de détails observés sur de vieilles photographies, j'ai recréé les pièces exactement comme elles étaient.

Notre conversation nous valut une invitation pour une visite personnalisée (sans les frais habituels de deux dollars) et nous passâmes de pièce en pièce en regardant tout ce qui était « Chloé » : des jupes à fleurs, des chandails en tricot à mailles serrées et un placard bourré de souliers, incluant des chaussons de ballet roses et les souliers noir et blanc avec une bande de cuir de mon rêve. Des albums de fin d'année scolaire ainsi que d'anciens jeux de société — Scrabble, Life et Uncle Wiggley — étaient empilés dans un coin. De vieux patins en métal et une clé polie étaient étalés sur un tapis blanc duveteux. Et un mur entier de photographies traçait la croissance de Chloé de bébé à adolescente. C'était étrange de la voir si vibrante, si pleine de vie.

Son amie Cathy devait avoir dans les soixante-dix ans, mais Chloé n'avait jamais vieilli.

Elle avait dix-sept ans à jamais.

Quand nous eûmes terminé la visite, je demandai où étaient les toilettes. Je descendis un escalier après avoir emprunté un couloir et je fis une rapide pause pipi. Lorsque je sortis, je dus me tromper de direction car je me suis retrouvée dans un couloir sombre qui s'arrêtait au pied d'une porte en bois, sur laquelle était peint un cœur rouge de la grosseur d'un poing.

— Sa-bine, dit une voix dans un murmure essoufflé.

— Qui a dit ça ?

J'avais le cœur qui battait la chamade. Apeu-rée, je regardai partout ; je ne vis personne et, pourtant, je sentais que je n'étais pas seule.

— Sabine.

Je mis les mains sur mes oreilles, mais mon propre nom résonnait dans ma tête comme une malédiction. Une obscurité glaciale filtrait à travers la porte. Pourtant, je ne m'enfuis pas. Je m'approchai plutôt de la porte, attirée par des forces que je ne comprenais pas. Je tendis la main vers la poignée et…

— Éloigne-toi de là !

Sursautant, je me retournai et découvris Kasper qui arrivait à grands pas. Son visage bouffi était rouge et il avait les lèvres fortement serrées.

— Cette pièce est interdite ! fulmina-t-il en m'attrapant par le bras.

— Pourquoi ?

— Parce qu'elle n'est pas sécuritaire. Tu ne devrais pas être ici.

— Je suis désolée. Je me suis perdue.

— Je vais te montrer le chemin.

Des ombres bougèrent et une énergie cir-cula derrière la porte. Curieusement, j'hésitais à partir. Je pointai la porte.

— Qu'y a-t-il à l'intérieur ?

— Des araignées et du bois pourri.

Kasper tira un mouchoir de sa poche et essuya la sueur sur son front.

— Je garde cette porte fermée à clé pour des raisons de sécurité, poursuivit-il. Les escaliers sont vieux et dangereux et je n'ai pas les moyens d'être poursuivi en justice si quelqu'un se blesse. Je ne vais pratiquement jamais dans cette pièce.

— Dans ce cas, qui a peint le cœur ? demandai-je.

— Je ne sais pas. Il était là lorsque j'ai acheté la maison il y a quatorze ans. C'est probablement l'œuvre d'un enfant qui s'ennuyait.

L'air nerveux, Kasper me fit un signe de la tête en direction du couloir où Thorn nous attendait.

— Viens, m'ordonna-t-il. Je ne peux être absent de mon magasin plus longtemps.

Le fait de revenir sous un éclairage vif et face à des souvenirs de mauvais goût me dérangeait – c'était comme si nous revenions du passé en voyageant dans une machine à remonter le temps. De plus, la vision du délicat cœur rouge demeurait présente à mon esprit.

« La voix qui avait appelé mon nom était-elle celle de Chloé ? » me demandai-je en parcourant les allées de marchandises de mauvaise qualité. La fille souhaitait-elle que j'ouvre la porte ? Y avait-il quelque chose à l'intérieur qu'elle voulait que je trouve ?

Quand j'aperçus une biographie sur la vie de Chloé, je ne pus résister à l'envie de la prendre. Feuilletant les pages, je parcourus rapidement le premier chapitre. En dépit de nos différences, je ressentis un intense courant qui circulait entre elle et moi. Elle avait été sociable, charmeuse, et elle avait espéré devenir une actrice ou une danseuse célèbre. J'étais plus sérieuse qu'elle et je n'avais pas de folles ambitions. Je ne souhaitais pas me démarquer ; je voulais simplement faire partie du groupe.

Alors, pourquoi Chloé me demandait-elle mon aide ?

Pendant que Thorn passait en revue des vidéos de films en noir et blanc, j'achetai quatre articles : la biographie de Chloé (écrite par Kasper), une brosse à dents Chloé (voyons, qui peut résister à quelque chose d'aussi kitsch ?) et deux t-shirts souvenir jaunes.

— Merci d'être venues nous visiter et revenez encore, dit Kasper en refermant le tiroir-caisse d'un claquement sec. Je vous raccompagne à la porte.

Je secouai la tête pour lui dire de n'en rien faire.

— Merci, mais vous feriez mieux de rester pour répondre au téléphone.

Au moment où je prononçai le mot « téléphone », l'appareil se mit à sonner. Le regard surpris que me lança Kasper était impayable.

En souriant, je me dépêchai de rejoindre Thorn, qui avait déjà quitté le musée. Alors que je levais les yeux vers le ciel, une goutte d'eau vint s'écraser sur mon visage. De mornes nuages gris tournoyaient au-dessus de nos têtes et j'entendis le grondement sinistre du tonnerre. Je sentis une légère pression sur mon épaule mais, lorsque je me retournai, je ne vis personne derrière moi. Je baissai le regard vers mes pieds, et une discrète empreinte de cœur apparut sur le béton craquelé.

Le frisson glacial qui parcourut mon dos n'avait rien à voir avec la température. Chloé envoyait des messages, un peu comme la vision que j'avais eue d'un tatouage en forme de libellule. À cette époque, je n'avais pas voulu m'impliquer et j'avais essayé de repousser les visions. J'avais finalement accepté d'utiliser mon don et réussi à sauver la vie de Danielle.

« Mais Chloé est déjà morte, pensai-je, déroutée. Il est trop tard pour la secourir. »

La curiosité s'empara de moi et un lot de questions surgirent dans mon esprit. Qui était le grand étranger aux cheveux blond foncé ? Qu'y avait-il derrière la porte avec un cœur ? Pourquoi Chloé continuait-elle d'apparaître pendant les pluies d'octobre ? Pourquoi m'avait-elle appelée ?

Cependant, je réalisai que je n'avais pas le temps de faire la chasse à un fantôme. Le but de tout ce voyage était d'aider grand-mère. Après avoir parlé à Eleanor Baskers, je rentrerais à la maison. Bien sûr, j'avais le reste de la journée pour faire ce que je voulais… ou peut-être ce que voulait Chloé. La seule chose dont j'étais certaine, c'était que si je ne faisais rien, je ne découvrirais rien.

Thorn traversait la rue et j'attendis que la circulation cesse avant de la rejoindre.

— Il commence à pleuvoir ! s'écria-t-elle en se couvrant la tête de ses mains.

Je levai le menton et laissai les douces gouttes de pluie caresser mon visage.

— C'est un temps idéal pour observer des fantômes, fis-je remarquer.

— Si tu le dis, fit Thorn en haussant les épaules. Les admirateurs obsédés par Chloé seront enchantés. Je parie qu'ils seront présents en masse ce soir au pavillon.

— Ouais, lui dis-je en la regardant grave-
ment. Et il y en aura deux de plus.

— Qui ? questionna Thon, dont les yeux
s'agrandirent. Tu ne veux pas dire...

— Oui, c'est ça. C'est dément, mais je dois
voir Chloé.

Je serrai mon sac d'emplettes contre ma
poitrine.

— Allons faire la chasse aux fantômes, ce
soir.

14

Après le souper, Thorn joua aux dominos avec sa tante et son oncle. Ils m'invitèrent à me joindre à eux, mais je voulais téléphoner à grand-mère. Malgré le fait que j'avais été distraite par Chloé, je n'avais jamais cessé de m'inquiéter à propos de Nona. Par contre, lorsque je l'appelai, le téléphone sonna sans fin. Pourquoi ne répondait-elle pas ? Rencontrait-elle un client ? Était-elle allée au restaurant avec une amie ? Ou bien était-elle allongée sur le sol, blessée ?

« Tu t'énerves pour rien, me dis-je. Nona va bien. Dominic est là pour l'aider si elle a des problèmes. Arrête tout de suite de t'inquiéter. »

Je posai le combiné, puis je me rendis dans la salle familiale pour me joindre à la partie de dominos. Cependant, lorsque je jetai un coup d'œil dans la pièce, Thorn, sa tante et son oncle riaient de si bon cœur que j'hésitai à entrer dans le cercle.

« J'avais l'habitude de jeux comme celui-là avec mes sœurs », pensai-je avec nostalgie pendant que je les observais en silence dans le cadre de la porte. Je me souvenais comment, plusieurs années auparavant, j'avais enseigné à mes sœurs à jouer au poker. Puisque maman n'approuvait pas les jeux de hasard, nous jouions dans notre cabane construite dans un arbre. N'ayant pas d'argent pour gager, nous utilisions des bonbons M&M. Quiconque gagnait une manche mangeait ses gains. Il était impossible de suivre le pointage, mais tout le monde s'en fichait. Et nous rions avec la même joie qui éclairait maintenant le rire de Thorn.

Je ravalai la boule coincée dans ma gorge et disparus.

Je refermai la porte derrière moi en entrant dans la chambre d'ami et je me laissai tomber sur le lit. Je ne voulais pas penser à ma famille en déroute. Alors, j'attrapai le livre que j'avais acheté plus tôt, la biographie de Chloé Anne Marie Talbot.

La pluie tambourinait à ma fenêtre alors que je remontais dans le temps. Dix-sept ans, ce n'était pas assez long pour remplir beaucoup de pages ; le bouquin était donc étoffé avec de nombreuses photographies et des articles de journaux. On y trouvait une photo de Chloé a l'âge de quatre ans, posant de façon charmante sur un poney dans une foire agricole ; une autre où elle paradait en maillot de bain au moment où elle était nouvellement couronnée Mademoiselle la Princesse de Pine Cone et des douzaines d'autres prises lors de pièces de théâtre de l'école. Chloé était aussi active au sein de plusieurs clubs et comités, comme si elle était déterminée à faire sa marque dans ce monde.

Quand elle atteignit sa deuxième année de lycée, des changements subtils apparurent dans les photos – un regard moqueur sous l'arche des sourcils blond foncé et une invitation dans son sourire sensuel. Les garçons qui l'entouraient avaient l'air hypnotisés.

Je parcourus en vitesse le chapitre sur sa famille. Chloé était la fille unique de parents âgés qui lui donnaient tout ce qu'elle voulait, mais qui dirigeaient sa vie selon des règles sévères. Monsieur et madame Talbot ne manquaient jamais la messe du dimanche et ils étaient des membres actifs de leur communauté. Je fus surprise de découvrir que monsieur Talbot avait été avocat, comme mon propre père.

Les chapitres suivants offraient un aperçu de Pine Peaks dans les années cinquante. Il y avait beaucoup de coupures de journaux à propos de personnalités de la ville, et des tonnes de détails inintéressants sur la politique. Cependant, ce que je voulais savoir, et ce que je devais savoir, c'était ce qui était arrivé à Chloé.

Alors, je sautai les chapitres jusqu'au dernier, qui s'intitulait « La dernière danse ».

Tous les samedis soir, Chloé repassait sa plus belle jupe et elle se rendait au pavillon. Elle virevoltait ensuite pendant des heures avec ses souliers à bande de cuir, glissant sur les planches de bois, flirtant et taquinant, mais ne donnant jamais son cœur.

Puis, par un jour pluvieux d'octobre, un bel étranger connu seulement sous le nom de James déambula dans la ville. Il était différent des galants de la campagne qui se disputaient l'attention de Chloé. James était un charmeur sophistiqué aux allures mystérieuses. Lorsque leur regard se croisa, il y eut de la magie dans l'air. Après cette rencontre, toutes les danses furent pour James. Ils virevoltèrent, s'amusèrent et tombèrent amoureux.

Chloé fut prévenue par sa famille et ses amis de ne pas faire confiance à l'étranger. On lui a conseillé de plutôt choisir l'un de ses soupirants, mais elle n'écouta personne et suivit son cœur. Et quand James lui demanda de s'enfuir avec lui, elle accepta de le rencontrer au pavillon.

L'orage grondait ce soir-là et Chloé ne tint pas compte des avertissements qui invitaient les gens à rester à l'intérieur. La pluie tombait avec force autour du pavillon pendant qu'elle attendait. Le temps passa et ses espoirs s'effondrèrent. Personne ne sait avec certitude ce qui s'est passé, mais ses amis croient que, James n'étant pas au rendez-vous, la douleur a entraîné Chloé dans une danse sauvage où elle se déhanchait et tournait au son d'une musique qu'elle seule pouvait entendre pendant que la tempête faisait rage en elle.

Peut-être a-t-elle trébuché ou peut-être a-t-elle simplement perdu son chemin mais, quand le soleil perça les nuages le lendemain matin, son corps sans vie fut retrouvé loin du pavillon, au pied de la falaise. Certaines personnes disent que la chute l'a tuée, mais d'autres savent que c'est plutôt son cœur brisé.

Et on n'a jamais revu le mystérieux étranger.

« Où James est-il donc allé ? » me demandai-je en regardant fixement à travers la fenêtre la pluie qui tombait régulièrement sur les branches des arbres. Avait-il manqué de courage et s'était-il enfui comme un lâche ? Ou lui était-il arrivé quelque chose de terrible ? S'il avait vraiment aimé Chloé, qu'est-ce qui avait bien pu le retenir loin d'elle ? Et le rêve que j'avais fait ne coïncidait pas vraiment avec l'histoire… J'y voyais James sur la falaise aux côtés de Chloé alors que, selon le livre, le mystérieux étranger ne s'était jamais présenté au rendez-vous.

« Pauvre Chloé », pensai-je en soupirant. Elle a tout risqué au nom de l'amour. Je ne pouvais m'imaginer aimer quelqu'un avec autant de passion. En vérité, ce n'était pas un véritable amour, ça ressemblait davantage à une obsession. Je préférais être avec une personne que j'admirais et respectais… comme Josh.

Pourtant, ce n'était pas le visage de Josh qui apparut soudainement dans mon esprit. J'aperçus plutôt des yeux bleu acier et des cheveux châtains ; des mains assez rudes pour enfoncer des clous, mais douces comme la soie lorsqu'il s'agissait de caresser un animal ; et un sourire pouvant être aussi triste que des larmes.

« Ressaisis-toi ! me dis-je. À quoi penses-tu ? »

Sautant sur mes pieds, je fermai le livre sur Chloé.

Puis j'allai jouer aux dominos.

15

LA SEULE CHOSE QUI MANQUAIT, C'ÉTAIT LA MUSIQUE.

Si nous avions été dans un film, Thorn et moi, nous aurions été accompagnées d'une sinistre musique d'horreur alors que nous descendions la rue faiblement éclairée qui bordait le cimetière. Il n'y avait ni étoiles ni lune. La nuit était noire comme de l'encre et la bruine continuait à tomber comme si le ciel avait été en deuil. C'était une nuit parfaite pour rencontrer un fantôme.

Thorn dut dire une douzaine de fois « C'est totalement dément », mais je notai une lueur d'excitation dans son œil.

— Je ne sais pas pourquoi je me suis laissé convaincre de t'accompagner, lança-t-elle.

— Tu aurais pu attendre dans la voiture.

— Et manquer tout le plaisir ? répliqua mon amie en souriant et en serrant fortement le parapluie bleu qu'elle avait apporté. Malgré tout, je me suis sentie moche de mentir à ma tante en lui disant que j'allais visiter une amie. Elle ne serait pas contente si elle savait ce que nous allons vraiment faire.

— Techniquement, tu n'as pas menti, lui assurai-je.

Mon parapluie fut secoué par un coup de vent, mais je le retins fermement.

— Nous allons réellement rendre visite à une amie, poursuivis-je.

— Il n'y a que toi pour considérer une personne morte depuis cinquante ans comme une amie.

— Je te considère aussi comme une amie.

— Alors, merci, dit Thorn en levant brièvement les yeux au ciel.

Le silence s'installa entre nous pendant que nous marchions le long de l'étroite route de campagne menant au parc, où s'élevait le pavillon blanc dans la nuit noire. Nous passâmes devant des buissons épineux de roses sauvages qui poussaient dans le fossé à côté du cimetière. Puis au-delà de grilles de fer, de pâles et sinistres pierres tombales rendaient hommage aux êtres chers disparus.

À mes côtés, Thorn se crispa et je ressentis sa nervosité. Nona m'avait dit de ne jamais craindre les cimetières, que ces derniers n'étaient hantés que par les souvenirs des gens décédés. Je n'en étais pas si sûre…

Nous passâmes sous l'arche de pierre du parc et marchâmes sur l'herbe fraîchement coupée vers le pavillon où une foule s'était massée. Les parapluies sombres me rappelaient des oiseaux noirs qui se rassemblent pour festoyer sur des miettes de pain éparpillées. Derrière le pavillon s'élevait une montagne rocailleuse avec une saillie se terminant abruptement au-dessus d'un canyon. Je réalisai avec un frisson qu'il s'agissait de la falaise que j'avais vue dans mes rêves.

Les lumières artificielles qui brillaient attirèrent mon attention. Je vis Heidi, la journaliste de la télévision. Sous un parapluie rouge tomate, elle vérifiait son maquillage dans un miroir de poche. Les gens de son équipe de tournage étaient groupés sous une toile qui battait au vent, mais qui protégeait leur équipement. La dernière chose dont j'avais besoin, c'était d'être filmée par hasard à un festival de fantômes. Si une personne de l'école me voyait, ça pourrait être désastreux. Je comptais donc rester loin des caméras.

— Quand apparaîtra-t-elle ? demanda une personne.

— Lorsque la nuit sera complètement tombée, répondit une autre. Très bientôt, on nous dira de fermer toutes les lampes de poche et on éteindra les lumières du pavillon.

Thorn me poussa du coude.

— Quelle est cette musique ? me demanda-t-elle. J'ai l'impression de la connaître.

— Tu le devrais. Nous l'avons écoutée à répétition au musée aujourd'hui, répondis-je, n'ajoutant pas que j'avais entendu cette chanson dans un rêve avant même de connaître le nom de Chloé.

— Ouais, c'est ça ! s'exclama Thorn en claquant des doigts. C'est *Danse toujours mon amour*. Kasper vendait les CD à moitié prix. Quelle arnaque ! Il avait l'air jovial, tel un père Noël chauve, mais il ne cherchait qu'à faire de l'argent facilement. Il ne vivait même pas ici quand Chloé est morte.

— Tu ne peux pas lui en vouloir d'être un excellent homme d'affaires. Regarde, n'est-ce pas lui, là-bas ?

— Ouais. Il parle avec cette femme aux cheveux foncés. Elle me semble familière ; je l'ai déjà vue.

— Nous l'avons vue toutes les deux, confirmai-je en observant la femme laisser Kasper derrière elle dans la foule et se frayer un chemin vers le pavillon surélevé. Sauf qu'elle portait un t-shirt jaune en l'honneur de Chloé à ce moment-là plutôt que des socquettes et une jupe arborant le dessin d'un caniche. Elle nous a donné de l'information sur Chloé. C'est la présidente du fan-club.

La femme replia son parapluie dégoulinant en pénétrant sous le toit du pavillon. Elle tenait un microphone et se déplaçait avec confiance. Quand elle commença à s'adresser à la foule, des applaudissements enthousiastes se firent entendre.

— Bienvenue ! dit-elle à l'auditoire. Je suis enchantée de vous voir tous ici ce soir. Comme la plupart d'entre vous le savent, je suis Monique Montes, présidente et cofondatrice du fan-club de Chloé, et c'est un plaisir pour

moi de vous voir de retour pour notre célébration annuelle.

Elle se mit la main devant les yeux pour ne
pas être éblouie par les caméras de télévision.

— Il est presque l'heure d'éteindre les
lumières et d'inviter Chloé à se joindre à nous,
poursuivit-elle.

— Tout ça est tellement bidon, marmonna
Thorn, qui se tenait à côté de moi.

— Dans quelques instants, nous pourrions
être témoins d'une vision formidable, continua
Monique en faisant un geste théâtral avec ses
mains. Quelques-uns parmi vous sont ici pour
la première fois et d'autres, comme moi, viennent à cet endroit chaque mois d'octobre
depuis l'apparition initiale de Chloé il y a neuf
ans. Pour que Chloé se montre, les conditions
doivent être parfaites. Alors, fermez vos yeux
et repoussez toute pensée négative.

— Elle parle de toi, murmurai-je à Thorn.

La musique s'amplifia et couvrit le son de
la faible pluie. Monique ordonna à tous
d'éteindre leur lampe de poche et leur téléphone cellulaire. Son ton me rappelait celui
d'un professeur en train de distribuer les
copies d'un examen.

— Notre invitée d'honneur s'alarme facilement, ajouta-t-elle. Je vous supplie donc de rester silencieux.

— Personne n'a vu Chloé l'an passé, cria la journaliste Heidi sous l'éclat d'un microphone. Avez-vous un commentaire à ce sujet ?

— Comment peut-on expliquer l'inexplicable ? répondit la présidente. Bien que, vous vous en souviendrez, il n'a pas plu l'année dernière.

— Eh bien, il pleut à présent, rétorqua Heidi, dont la chevelure dorée brillait sous les lumières de la caméra. Ça signifie-t-il que nous aurons droit à un spectacle de fantôme en direct ?

— Pas sans un silence total et une obscurité complète, rétorqua Monique.

Heidi comprit le message et les lumières de la caméra s'éteignirent d'un coup. Je remarquai cependant une faible lueur rouge et supposai qu'on tournait encore des images avec des caméras de nuit.

Monique quitta le pavillon, ouvrit sèchement son parapluie et se fondit dans l'auditoire. Quelqu'un stoppa la musique. Autour de nous, les voix se turent.

— Est-ce que tous ces gens s'attendent vraiment à ce qu'un fantôme se montre à l'heure prévue ? murmurai-je à Thorn.

Mon parapluie s'entrechoqua avec le sien lorsque je me penchai quelque peu. Même si je portais un manteau, le froid humide me donnait des frissons.

— On dirait bien, répondit Thorn en jetant un regard nerveux autour d'elle. Pas toi ?

— Les fantômes m'apparaissent toujours de façon inopinée, répondis-je.

« Et c'est toujours un peu effrayant », pensai-je.

— Eh bien, je ne m'attends pas à voir quoi que ce soit, déclara Thorn. Tout ça, c'est du capitalisme à son meilleur.

Elle avait parlé si fort qu'une personne tout près lui lança un long « chut ! » Elle baissa à peine le ton.

— Quelqu'un portant un drap se montrera et convaincra tous les gens qu'ils ont vu un vrai fantôme, poursuivit-elle. Puis, ils se hâteront d'acheter plus de souvenirs. J'attends vingt minutes, puis je m'en vais.

Je ne lui en voulais pas d'être sceptique, car j'avais aussi mes doutes. Mes doigts étaient si engourdis que je sentais à peine le parapluie qu'ils tenaient. Si quelque chose devait se passer, j'espérais que ce serait bientôt.

Je fus exaucée.

Quelque chose dans l'air se modifia. Les lumières clignotèrent au-dessus du pavillon. Allumées, éteintes, allumées… puis ce fut l'obscurité totale. Pendant un moment, tout était enveloppé d'un lugubre silence et d'une complète immobilité. Puis, une bruine flotta au-dessus du pavillon, comme un nuage gris. De minuscules points de lumière tourbillonnèrent pour modeler une forme de vie mystérieuse et brumeuse qui tournoyait et oscillait. Un sentiment de confusion gagna la foule.

— C'est elle ! s'exclama quelqu'un derrière moi.

— Où ? demandèrent plusieurs personnes.

— Sur la scène !

— Mais il n'y a rien à cet endroit !

« Eh oui, il y a quelque chose », pensai-je alors qu'une silhouette lumineuse voltigeait au centre du pavillon, une fille de brume aux cheveux brun caramel portant une large jupe à mi-mollet.

— Chloé, murmurai-je.

— La vois-tu réellement ? me demanda Thorn d'un ton perplexe. Tout ce que je vois, c'est de la brume.

— C'est bien Chloé, rétorquai-je.

Autour de moi, les gens parlaient avec excitation ; certains voyaient Chloé et d'autres non. La silhouette fantomatique virevolta, s'arrêta doucement, puis leva les bras vers l'auditoire captivé. Je ressentis de la tristesse, de la nostalgie… et de la colère.

— Elle cherche James, le garçon qu'elle aimait, murmurai-je à Thorn.

— Et moi, c'est elle que je cherche, mais je ne vois rien.

— Ça prend beaucoup d'énergie pour qu'un fantôme se matérialise et, même dans ce cas, seules quelques personnes peuvent le voir. James est probablement mort. Alors, elle ne le trouvera pas, du moins pas dans ce monde.

Alors que je prononçais ces mots, je sentis un tiraillement en moi : une connexion avec Chloé qui nous liait à travers l'espace et le temps, comme une corde invisible. L'intensité du tiraillement m'effraya.

« Ça va, je suis ici, dis-je à Chloé en pensée. Qu'y a-t-il ? Pourquoi es-tu venue dans mes rêves ? Qu'attends-tu de moi ? »

Elle tendit les bras et virevolta de plus en plus vite. Même si je me tenais immobile, une partie de moi tournait avec elle, dans la douleur et la confusion. Ensemble, nous étions

prises au piège d'une danse remplie de chagrin et de désespoir.

Dans ma tête, j'entendis ses cris : « James…
James… James ».

La foule s'était tue. Des étincelles de lumières éclaboussaient les parapluies pendant que
tout le monde avait le regard fixé sur le
pavillon ; les gens étaient envoûtés. Je ne suis
pas certaine de ce qu'ils voyaient, peut-être
seulement le brouillard du soir. Or, il y eut un
silence, comme si chacun retenait son souffle
dans l'attente de je ne sais quoi.

Thorn se rapprocha de moi.

— Que se passe-t-il ?

— Elle danse dans le pavillon.

— Chloé ?

— Ouais.

— Tu blagues, n'est-ce pas ? Il n'y a rien là.

— Chloé est comme une légère brume. Je
peux voir à travers elle.

— Moi je ne vois rien du tout. C'est du
cinéma.

— C'est réel. Peut-être ne vois-tu rien, car
tu n'y crois pas. Chloé m'a entraînée ici parce
qu'elle veut quelque chose…

— Quoi ?

— Je ne sais pas… répondis-je, troublée.
J'ai de la misère à penser… Je dois la rejoindre.

— Ne fais pas la folle.

— Trop tard, dis-je avec un sourire iro-nique.

Je remis mon parapluie à Thorn et je partis au pas de course. Plutôt que de me diriger vers la scène surélevée, je pris la direction opposée à la foule. Me faisant discrète, je restai hors de vue des gens et contournai le pavillon.

Mes pensées étaient confuses, comme si elles étaient gouvernées par une autre per-sonne. Mes jambes obéissaient à la volonté de quelqu'un d'autre. Au départ, personne ne me remarqua. Cependant, lorsque je gravis la partie arrière de la plateforme surélevée, des murmures empreints de surprise s'élevèrent de la foule. Je flottais dans un rêve ; rien de tout ça ne me paraissait réel et ma seule préoc-cupation était Chloé.

— Je suis ici, lui dis-je, ne sachant si j'avais prononcé ces mots à haute voix ou dans ma tête.

Mon corps tremblait. J'étais assez près pour toucher Chloé, mais mes doigts ne traver-sèrent que de l'air. La jeune fille était aussi transparente que le clair de lune.

Quand je lui transmis mon énergie, elle sembla devenir plus solide. Sa bouche s'incurva en un sourire mélancolique et elle leva une main dans ma direction.

« James ? » entendis-je quelque part dans ma tête.

— Non, je suis Sabine. Tu m'as appelée. Que veux-tu ?

« James… James… » répéta Chloé.

— Il n'est pas ici, et tu ne devrais pas y être non plus.

« Où es-tu, James ? »

— Je ne sais pas où il est, répondis-je en retenant mon souffle glacé, mais je crois qu'il t'attend.

Les yeux de Chloé s'embrasèrent d'une grande colère.

« J'ai attendu et attendu… et j'attends encore… James. »

— Il est parti depuis plus de cinquante ans, dis-je plus fermement. Il ne peut pas revenir, mais tu peux le rejoindre. Cherche la lumière…

« Je ne peux pas… je dois attendre… »

— Attendre quoi ? Un garçon qui t'a menti ?

« Non, NON ! » cria Chloé.

Ses cheveux couleur caramel ondulèrent comme des vagues de colère lorsqu'elle secoua la tête.

« Il ne le pensait pas… je sais qu'il m'aimait. »

— C'était il y a longtemps. Tu es retenue ici parce que tu es désorientée. Tu dois lâcher prise afin de trouver la paix dans l'Au-delà.

« Il n'y aura pas de paix pour moi ni pour le traître. »

— Quel traître ? m'enquis-je d'une voix entrecoupée. Que veux-tu dire ? C'est arrivé il y a si longtemps. Tu dois comprendre que James ne peut pas revenir pour toi. Tu seras heureuse si tu suis la lumière.

« Il n'y a pas de lumière, expliqua Chloé, il n'y a que des ténèbres éternels. »

Le tonnerre gronda au-dessus de nos têtes et son corps translucide grésilla comme s'il était électrifié. Son visage se précisa, se durcit d'une rage froide et une forme rouge apparut sur sa poitrine, un cœur rouge rubis comme celui sur la porte interdite.

Effrayée, je fis un pas en arrière. Chloé s'avança vers moi. Son cœur suintait d'un liquide rouge qui se déversait autour d'elle comme un fleuve de sang.

« Bientôt, mon attente prendra fin, dit-elle d'un ton menaçant. Le traître tombera… et tu vas m'aider. »

16

AVANT QUE J'AIE EU LA CHANCE DE DIRE AUTRE chose, les lumières au plafond s'allumèrent d'un coup.

Aveuglée par la clarté intense, je fermai les yeux.

Quand je les rouvris, Chloé avait disparu.

Les lumières semblèrent briser le charme qui opérait sur moi et peut-être sur l'auditoire. La folie s'installa partout. Des voix chaotiques s'élevèrent dans l'excitation pendant que les gens se bousculaient pour atteindre le pavillon. Ils s'élancèrent en masse comme une foule en colère, en criant et en se poussant les uns les autres. Je clignai des yeux, comme une somnambule qui se fait réveiller brutalement. Pendant un bref instant, je ne savais pas ce que je faisais sur la scène. Je reculai de quelques pas, fis demi-tour et sautai sur le sol.

Puis je courus.

Des pas crissaient derrière moi. Alors, je courus plus vite. J'entendais les derniers mots de Chloé qui me martelaient la tête de façon incessante. Elle était folle si elle croyait que je ferais du mal à quelqu'un. Il n'en était pas question !

Derrière moi, les pas se rapprochaient. La peur m'étouffait et je continuais à courir. Je ne savais pas vraiment où j'allais, mais je voulais me rendre le plus loin possible.

Un caillou roula sous mon pied et je trébuchai. Mes bras battirent l'air, mais je réussis à garder l'équilibre. J'entendis un bruit derrière moi et, avant que j'aie pu me retourner, une main s'abattit sur mon épaule.

— Lâche-moi ! lançai-je en tentant de me libérer. Laisse-moi tran…

— Ça va, Sabine, c'est seulement moi.

— Thorn ?

J'essuyai les gouttes de pluie dans mes yeux et je me retournai pour fixer mon amie.

— Hé, je suis contente de te voir, poursuivis-je.

Thorn me tendit mon parapluie.

— Tu es trempée, dit-elle. Tiens, prends ça.

— Merci.

J'appuyai sur le bouton déclencheur de mon parapluie et ce dernier s'ouvrit d'un coup. Jusqu'à ce moment, j'avais à peine remarqué la pluie, mais à présent je frissonnais de froid.

— Pourquoi ne m'as-tu pas attendue ? me demanda Thorn. Il y a une raison pour laquelle je n'ai pas décidé de faire partie de l'équipe d'athlétisme. Je déteste courir.

— Désolée… et merci.

— Qu'est-ce qui t'a pris, dis-moi ?

— Je ne sais pas.

Je fus parcourue de frissons.

— Je n'arrive pas à croire que j'étais là-haut, dans le pavillon, devant des gens. J'avais l'impression de marcher dans un rêve. Je suis sans doute sombrée dans la folie.

— C'était bizarre, mais c'est terminé maintenant. Tu peux te détendre.

— Me détendre ? J'en doute.

Je ris nerveusement, regardant autour de moi le sol rocailleux, et je fus abasourdie lorsque je reconnus l'endroit où je me trouvais. Dans ma hâte de fuir, j'avais couru en haut de la montagne et je me tenais à présent à quelques mètres seulement de l'escarpement, la saillie mortelle où Chloé avait perdu la vie.

— Partons d'ici.

Thorn fit un signe affirmatif et nous fîmes un long détour pour contourner les lieux du festival et rejoindre la route.

— Est-ce que ça va ? me demanda-t-elle avec douceur.

— Aussi bien que possible après m'être donnée en spectacle comme une bête de foire. Je n'en reviens pas d'être montée sur la scène devant les gens ! Et si la journaliste m'avait filmée ? La dernière chose que je souhaite, c'est que les gens sachent à mon sujet, qu'ils sachent ce que je suis capable de voir. Mais je n'y pouvais rien, c'est comme si ce n'était pas moi.

— Je n'en croyais pas mes yeux lorsque je t'ai vue grimper la montagne et commencer à te parler à toi-même, expliqua Thorn.

— Je parlais à Chloé.

— Si tu le dis, fit Thorn, sceptique. A-t-elle répondu ?

— Oui, mais pas tout haut, pas comme nous le faisons. Elle semblait à l'intérieur de moi. Pourtant, je la voyais et je ressentais ses émotions.

— Elle s'empare de toi ?

— Elle me force plutôt à lui venir en aide. J'ai cependant peur de ce qu'elle compte faire. J'aurais pu en découvrir davantage à son sujet, mais les lumières se sont rallumées.

— D'après ce que j'ai pu comprendre de la foule en colère, les lampes devaient rester éteintes. On devrait casser la gueule à la personne qui a fait jaillir la lumière.

— As-tu un doute sur qui ça peut être ? demandai-je.

— Je n'en sais rien, répondit Thorn en haussant les épaules et en évitant une profonde flaque d'eau. Je suis encore étonnée de ne pas avoir vu le fantôme. Tout ce que j'ai aperçu, c'est la pluie, la brume et toi. Es-tu certaine d'avoir parlé à Chloé ?

— Absolument.

Le silence nous gagna tandis que nous nous dirigions vers la voiture. Mes émotions étaient à fleur de peau et ma nervosité croissait. J'avais pitié de Chloé ; il devait être horrible d'être pris dans les limbes. De toute évidence, la pauvre était désorientée au point de porter des accusations délirantes. James était-il le traître ? Si oui, pourquoi disait-elle l'aimer encore ? Manifestement, elle était un fantôme dérangé.

« Pourquoi ne puis-je avoir une vie normale sans ces étranges complications ? pensai-je rageusement. C'est comme essayer d'assembler un casse-tête avec la moitié des morceaux. De plus, je ne sais pas où chercher les pièces manquantes. »

Ce soir-là, je branchai ma veilleuse et, abattue et épuisée, je plongeai sous les couvertures. Je voulais me perdre dans la paix de l'oubli. Je me repliai sur moi-même, m'enfouis profondément sous les couvertures et fermai mon esprit à toute chose mystérieuse.

« Y compris toi, Opal », ajoutai-je dans un murmure afin de ne pas réveiller Thorn.

J'entendis une voix me répliquer sèchement dans ma tête.

Ne sois pas arrogante envers moi, jeune fille.

« Ah ! Et c'est maintenant que tu te manifestes ? grondai-je en serrant les lèvres avec colère. Où étais-tu plus tôt aujourd'hui ? »

Les règles régissant le temps et l'espace ne s'appliquent pas dans mon monde ; alors, je n'ai aucune réponse que tu puisses comprendre. Cependant, je suis toujours près de toi.

« Alors, pourquoi ne m'as-tu pas aidée lorsque j'étais avec Chloé ? » demandai-je silencieusement.

Tu devras être plus précise. Je ne suis pas omnisciente, bien que je possède de grandes connaissances.

« Pourquoi Chloé s'accroche-t-elle à moi ? »

Pourquoi pas toi ? Tu possèdes des dons pouvant faire beaucoup de bien. Quand une âme perdue cherche de l'aide, il lui faut une personne forte capable de mettre de côté les peurs pour voler à son secours.

« Je n'ai pas de temps à consacrer à un fantôme psychopathe, expliquai-je. Il n'est pas question que j'aide Chloé à se venger. C'est dément ! D'ailleurs, je retourne à la maison demain. »

Tous les gestes que tu poses reflètent tes choix et je ne prononcerai jamais un mot pour influencer tes décisions. Je ne te parlerai pas de la joie de placer les besoins d'autrui au-dessus des tiens. Je ne te dirai pas à quel point le fait d'offrir une aide désintéressée peut en soi s'avérer une récompense.

« La seule récompense qui m'intéresse est celle de voir ma grand-mère recouvrer la santé, ce qui signifie trouver les breloques.

Dis-moi où elles sont et je ferai tout ce que tu veux. »

Je ne peux te dire ce que je ne sais pas.

« Alors, je les trouverai par mes propres moyens ! »

Je m'assis dans mon lit et me défoulai en donnant des coups de poing sur mon oreiller.

« Je n'ai pas besoin de toi, Opal ! Laisse-moi tranquille ! »

Ma guide spirituelle secoua la tête comme pour montrer qu'elle éprouvait du regret. Puis, son image se dissipa et elle disparut.

Parfait ! Quant à moi, elle pouvait ne plus jamais revenir. Si elle ne voulait pas faire ce que je souhaitais, je ne ferais pas non plus sa volonté. Après une dernière visite à la maison de retraite, je quitterais la ville.

Au revoir Pine Peaks.

Au revoir Chloé.

* * *

Je m'éveillai sous les rayons du soleil avec le sentiment rafraîchissant que tout était terminé, comme si la pluie de la soirée précédente avait emporté les fantômes de la nuit. Mon énergie renouvelée, j'enfilai un jean et un chandail en coton molletonné. Dans quelques heures, je serais de retour à la maison avec Nona, chez moi. Et ce soir, j'aurais droit à ma première danse avec Josh.

Je me sentais tellement bien ! Je fus cependant un peu ébranlée en arrivant au rez-de-chaussée et en apercevant Thorn assise docilement sur une chaise avec une expression abattue sur le visage et les épaules courbées. Sa tante se tenait debout devant elle, les bras croisés et le visage sévère. Il se passait quelque chose. En un quart de seconde, je découvris ce dont il s'agissait.

— Sabine, joins-toi à nous, s'il te plaît, dit brusquement madame Matthews. Le sujet te concerne aussi.

J'eus un serrement de gorge et je partageai un regard gêné avec Thorn qui, rougissante sous la culpabilité, était occupée à se tordre la queue de cheval.

— Tôt ce matin, j'ai reçu un appel très intéressant, commença la tante de Thorn en se pinçant les lèvres. Beth, te souviens-tu de madame Snope ?

Thorn secoua la tête négativement.

— Madame Snope travaille à la librairie et, elle, elle se souvient de toi.

— Ah ! s'exclama Thorn en baissant les yeux vers le tapis comme si le motif floral était des plus fascinants.

— Madame Snope travaillait tard hier soir, continua la tante. Alors qu'elle rentrait à la maison, elle t'a vue pénétrer dans le parc.

Elle fit une courte pause.

— Quelle amie, précisément, allais-tu visiter ? demanda-t-elle en mettant l'accent avec méfiance sur le mot « visiter ».

— Heu… tu ne la connais pas.

— Je suis certaine que non ! s'exclama la tante. Je sais que ta mère n'approuverait pas ton implication dans des activités occultes. Après tout, elle est ministre du culte et elle prêche en faveur de croyances honnêtes, non de la chasse aux fantômes.

« Ministre », pensai-je en regardant Thorn d'un air ahuri.

— Beth, ma chérie, poursuivit madame Matthews, je suis sûre que tu avais une bonne raison de te rendre à l'un de ces rassemblements occultes et je veux que tu me l'expliques. Nous avons toujours été franches l'une envers l'autre. Je sais que tu ne me mentirais pas.

— Je ne t'ai pas menti… pas vraiment…

Les mots de Thorn s'estompèrent et elle eut l'air si misérable que mon cœur vola à son secours.

— Elle n'a pas menti, dis-je. C'était mon idée.

— Ah ? s'intrigua madame Matthews en levant un sourcil et en se tournant pour m'accorder son attention. Quelle était cette idée, exactement ?

— Heu… Aller au pavillon.

J'avalai la boule qui me serrait la gorge.

— Nous… nous avions l'intention de visiter une amie, mais je voulais plutôt voir un fantôme. J'ai donc convaincu Tho… Beth d'aller là-bas.

— Je suis désolée, tante Deb, s'excusa Thorn d'un air penaud.

Avec ses cheveux ramenés en arrière en queue de cheval et sans traces de maquillage, elle avait l'air jeune et adorable.

— Je sais que tu ne ferais rien de mal à dessein, mais je suis responsable de toi pendant ton séjour ici et je ne peux m'empêcher d'être inquiète, ajouta la tante.

— Tout ce que nous avons réussi, c'est à se faire tremper par la pluie. Il n'y avait rien à voir.

— Bien sûr que non, dit madame Matthews, pragmatique, en faisant un signe de la main. Ce ne sont que des bêtises. C'est pourquoi, Charles et moi, nous évitons de nous rendre en ville à cette période de l'année. Il y a trop de circulation et de personnages non recommandables qui grouillent dans les alentours. Ce n'est pas un environnement sain pour deux jeunes filles innocentes.

Je jetai un coup d'œil vers Thorn, m'attendant à la voir se renfrogner au mot « innocentes » que venait de nous accoler sa tante, mais elle se contenta de faire un signe de tête affirmatif.

— De toute façon, nous ne resterons plus ici très longtemps, expliqua-t-elle. Une dernière visite à Peaceful Pines et nous rentrons à la maison.

« La maison. » Je souris légèrement en pensant à Josh, à Nona et à Penny-Love. J'avais hâte d'être de retour chez moi. Dans quelques heures, ma vie redeviendrait normale. Je serais aussi soulagée de voir Thorn reprendre ses habitudes, se vêtir en noir et menacer les gens de leur casser la gueule.

Après le petit-déjeuner composé d'œufs brouillés, de saucisses et de fraises, j'essayai à nouveau de joindre Nona au téléphone.

Cependant, tout ce que j'obtins fut l'un de ces signaux sonores rapides indiquant que la ligne est occupée, comme si le téléphone était décroché ou que la ligne était en dérangement. J'essayai chez Penny-Love et la mère de mon amie m'informa que sa fille était sortie avec des amis.

« Quelles amies ? », me demandai-je en me sentant un peu à l'écart. Je fus tentée d'appeler Josh, mais il était encore tôt et je savais à quel point il aimait faire la grasse matinée.

Il était aussi trop tôt pour aller à la maison de retraite. Alors, je me rendis dans ma chambre et j'entrepris de faire mes bagages. Je tirais sur la fermeture éclair pour fermer mon sac de toilette quand j'entendis sonner le téléphone au rez-de-chaussée. Quelques instants plus tard, madame Matthews se présentait à la porte de la chambre et me tendait un téléphone sans fil.

— C'est pour toi. Une femme.

— Nona. Il est à peu près temps.

En souriant, je sautai sur mes pieds et pris l'appareil.

Or, ce n'était pas grand-mère.

— Est-ce que je parle à Sabine Rose ? demanda une voix aiguë et inconnue.

— Oui.

Quelque chose dans le timbre de la voix me troubla.

— Qui êtes-vous ? demandai-je.

— Je suis l'infirmière Eloch de…

Des crépitements se firent entendre dans le téléphone, rendant l'écoute difficile. Mon cœur fit un bond quand j'entendis le mot « hôpital ».

— L'hôpital ! dis-je d'une voix étranglée par l'émotion. De quoi s'agit-il ?

La connexion téléphonique se détériora et je dus tendre l'oreille pour mieux entendre.

— J'ai dû… trouver votre numéro dans…

La voix de l'infirmière me parvenait par saccades.

— …essayer de communiquer avec vous… votre grand-mère.

— Que lui arrive-t-il ? voulus-je savoir, agrippant fermement le téléphone.

— J'ai bien peur… mauvaises nouvelles.

— À propos de Nona ?

Mon univers bascula dans le vide.

— Est-ce qu'elle va bien ?

— Il y a eu un accident…

Les crépitements recommencèrent, embrouillant la voix de l'infirmière de sorte que tout ce que j'entendis fut « blessures », « venez » et « hôpital ».

— Oh, mon Dieu ! Nona !

— … soins intensifs… urgence… très peu de temps.

— Très peu de temps pour quoi ? hurlai-je. Parlez plus fort ! Dites-moi ce qui est arrivé !

Les crépitements résonnèrent plus fort, il y eut un déclic sec et la tonalité bourdonna.

La communication était coupée.

17

DES BRAS ENTOURÈRENT MES ÉPAULES ET J'EUS vaguement conscience qu'une personne m'arrachait le téléphone que je tenais avec des mains tremblantes. Cherchant à chasser les larmes, je levai les yeux vers le visage inquiet de madame Matthews.

— Tout va bien aller, dit-elle doucement.

— Nona… à l'hôpital.

Je secouai la tête, la terrible réalité me rattrapant lentement.

— Un accident de voiture ! Je dois me rendre aux côtés de grand-mère !

— Bien sûr que si, ma douce. À quel hôpital l'a-t-on amenée ?

— Je ne sais pas. La ligne a été coupée avant que je puisse l'apprendre. Il doit s'agir de Valley Central. C'est l'hôpital le plus près de chez Nona.

Mes chaudes larmes avaient un goût de sel sur mes lèvres.

— Oh, Nona ! m'exclamai-je. Elle doit s'en sortir.

— Elle s'en sortira, me rassura la tante de Thorn. Va faire tes bagages, ma douce.

Dix minutes plus tard, nos valises étaient dans la jeep. Thorn étreignit sa tante en guise d'au revoir.

— Salue oncle Charles de ma part.

— Je le ferai, mon cœur. Conduis prudemment et appelle-moi quand tu seras rendue.

Thorn hocha la tête et, moi, je me tenais les bras ballants ; les yeux me brûlaient tandis que j'essayais de garder la tête froide. Nona avait besoin que je sois forte. Je ne pouvais pas la laisser tomber.

— Elle ira bien, m'assura madame Matthews en nous envoyant la main depuis le seuil de sa porte.

— Je l'espère, dis-je à travers un brouillard.

— Tu es la bienvenue ici quand tu veux. Nous avons adoré votre visite.

— Merci… merci pour tout.

Ma voix se brisa et je me détournai.

La jeep démarra dans un sursaut en vrombissant et j'agrippai mon repose-bras. Malgré tout, je me sentais encore en déséquilibre, mon cœur bondissant plus vite que la jeep. Je regardai ma montre, calculant le temps nécessaire pour arriver à la maison. Trop long… pas assez vite. « Oh, Nona, j'arrive » songeai-je.

Thorn se pencha pour me serrer la main.

— Calme-toi, Sabine.

— Tout est de ma faute. Je n'aurais jamais dû laisser ma grand-mère.

— C'est une adulte. Tu n'es pas sa gardienne.

— J'aurais dû savoir qu'il se passerait quelque chose d'affreux durant mon absence.

— Pourquoi ? me demanda Thorn dont les yeux s'agrandissaient. As-tu eu une prémonition ?

— Non. Je n'en ai presque jamais à propos de mes proches. Tout ce théâtre autour de Chloé embrouille les choses. Par contre, j'ai eu un mauvais pressentiment. Nona n'a pas répondu au téléphone et je me suis inquiétée au sujet de ses problèmes de mémoire. Et maintenant… maintenant, elle est souffrante… peut-être mourante.

La boule d'angoisse au creux de mon estomac me causait une telle douleur que je pouvais à peine respirer. S'il arrivait du mal à grand-mère, je ne me le pardonnerais jamais. Jamais.

— Elle s'en sortira, m'assura Thorn. Aie des pensées positives.

— Ouais.

Cependant, l'image qui apparaissait dans ma tête était celle de Nona, pâle et immobile, étendue sur un lit d'hôpital. Était-ce une prémonition ou le reflet de mes propres peurs ?

Thorn ralentit lorsque la longue route privée rencontra l'entrée de l'autoroute principale. Elle mit son clignotant gauche et attendit l'occasion de se glisser dans la circulation lourde. L'air hébétée, je regardais à travers la vitre. Le ciel était bleu et serein, à l'opposé des peurs sombres et violentes qui faisaient rage en moi.

Quelqu'un klaxonna et Thorn leva le poing devant le rétroviseur.

— Que fait cet idiot ? s'écria-t-elle, en colère.

— Quoi ? demandai-je, l'esprit ailleurs.

— Un imbécile m'a dépassée à toute vitesse, puis il a fait demi-tour et, à présent, il klaxonne derrière nous.

Je levai la tête et jetai un coup d'œil par-dessus mon épaule. Ma vision s'embrouilla et j'aperçus vaguement un camion blanc. Le bruit du klaxon s'amplifia, se faisant plus insistant. Il n'avait rien de particulier mais quelque chose me poussa pourtant à m'asseoir bien droit et à regarder plus attentivement.

— Je vais montrer à cet abruti qu'il ne doit pas nous embêter, s'emporta Thorn. Ce monstre de métal tout cabossé ne fait pas le poids avec moi. Tiens-toi prêt à mordre la poussière !

— Non, Thorn ! dis-je en secouant la tête rapidement. Range-toi sur le bas-côté !

— Quoi ? me demanda mon amie. Je ne m'arrête pas pour cette andouille.

— Ce n'est pas une andouille... enfin, pas toujours.

Je pointai à travers la vitre.

— C'est Dominic, précisai-je.

* * *

Dominic portait un jean foncé, une chemise brune et des bottes de travail tachées de gazon.

Une brise souleva ses cheveux châtains ; ses bras bronzés et musclés étaient tendus d'une énergie contenue lorsqu'il claqua la porte de son camion et qu'il marcha à grands pas vers nous.

— Tu en as mis du temps pour arrêter, dit-il avec mauvaise humeur. Je conduis jusqu'ici pour vous aider à faire vos recherches et, là, je vous vois en route… Hé, qu'est-ce qui ne va pas ?

— N'es-tu pas au courant ? lui demandai-je, la voix brisée.

— Au courant de quoi ? rétorqua-t-il.

— De l'accident.

— Quel accident ? me demanda Dominic.

Puis, il passa rapidement de la colère à la douceur.

— Est-ce que ça va ? s'enquit-il.

Cette attitude brisa ma retenue et mes yeux se voilèrent de larmes.

— Moi oui, mais pas Nona.

Je me détournai afin que Dominic ne voie pas mes pleurs. Je me détestais de perdre ainsi le contrôle de ma personne, mais je savais qu'il comprendrait car, lui aussi, il aimait Nona. Pendant que je m'efforçais de reprendre mon calme, Thorn lui raconta le coup de fil de l'hôpital.

— Nous allons là-bas maintenant, lui précisa-t-elle, tu peux donc nous suivre.

— Je ne crois pas, dit-il en relevant le menton de façon volontaire.

— Pourquoi pas ?

— Parce que je viens tout juste d'avoir Nona au téléphone.

— C'est impossible ! m'exclamai-je en regardant fixement Dominic.

— Il n'y a pas eu d'accident.

Dominic secoua la tête d'un air grave.

— La personne qui t'a appelée a menti, poursuivit-il.

18

AU DÉPART, JE NE CROYAIS PAS DOMINIC. IL SORTIT
son téléphone cellulaire et je tombai presque à
la renverse quand j'entendis la voix de Nona,
une voix forte et assurée ! Je ne savais pas ce
qui me causait le plus grand choc : découvrir
que Nona allait bien ou le fait que Dominic
possédait son propre téléphone cellulaire.

— Bonjour, ma douce, dit calmement Nona. Comment vas-tu ?

— Comment je vais ? Tu veux savoir comment je vais !

J'éclatai de rire et je sanglotai en même temps.

— Sabine, qu'est-ce qui ne va pas ? demanda Nona d'une voix alarmée. As-tu un problème quelconque ?

— Pas moi, mais je croyais que, toi, tu en avais un. J'ai téléphoné et personne ne répondait, puis la ligne était occupée. Pourquoi ne suis-je pas arrivée à te joindre ?

— Tu sais à quel point les lignes sont mauvaises quand il pleut ; le téléphone a été en dérangement toute la journée hier.

— Toute la journée ?

Je frottai ma tête prise de douleurs lancinantes.

— Il est encore en dérangement, expliqua Nona. J'ai eu toutes les misères du monde à faire fonctionner mon entreprise avec un téléphone cellulaire emprunté à Penny-Love, celui avec lequel je te parle maintenant. Je remercie le ciel d'avoir mis cette fille sur mon chemin ! Elle est vraiment adorable et, de plus, elle m'a offert d'utiliser son ordinateur portable. Elle a des idées si astucieuses pour attirer de nouveaux clients que je pourrais bien lui offrir un emploi à temps partiel.

Je secouai la tête, essayant de bien comprendre ce qu'elle me disait. Cependant, j'étais tellement soulagée que j'avais de la difficulté à réfléchir. Merci, mon Dieu, Nona va bien ! L'imaginer blessée, ou pire, avait été un cauchemar. Je ne voulais jamais avoir à traverser une telle épreuve de nouveau. Je ne pourrais supporter de perdre grand-mère. Je ferai tout en mon pouvoir, et ce, peu importe les efforts nécessaires pour retrouver le livre de remèdes.

Après ma conversation avec Nona, je remis le téléphone à Dominic.

— Merci, lui dis-je, à peine consciente des voitures qui filaient à toute vitesse alors que nous nous tenions sur l'accotement.

— Pas de problème, répondit le garçon en haussant les épaules.

— Si tu ne nous avais pas arrêtées, nous serions encore en route vers l'hôpital, précisai-je en frissonnant. Comment as-tu su ?

— Je l'ignorais. J'étais en route pour venir te voir et j'ai aperçu la jeep jaune.

— Personne ne peut la manquer, dit Thorn avec ironie.

Elle se tourna vers moi.

— Je ferais mieux de téléphoner à ma tante et à mon oncle pour les informer que ta grand-mère va bien, fit-elle remarquer.

— Tiens. Sers-toi de mon cellulaire, lui dit Dominic en lui tendant son appareil.

Quand Thorn s'éloigna pour faire son appel, il se tourna vers moi ; ses sourcils foncés étaient levés en signe d'interrogation.

— Pourquoi ce nouveau look ? demanda-t-il en faisant un signe en direction de Thorn.

Je plissai le front, puis souris lorsque je réalisai de quoi il parlait.

— Oh ! Ses cheveux et ses vêtements. Elle prend une pause du style gothique.

— Dommage, fit simplement Dominic en fronçant les sourcils.

— Pourquoi ? Tu préfères le look sombre des divas ?

— Pour elle, oui. Ça lui ressemble vraiment.

— Tu crois qu'elle montre réellement qui elle est quand elle porte des chaînes et des perruques ?

— C'est ce qu'elle est : intense, sombre et compliquée.

— Et moi ?

J'aurais voulu ravaler mes paroles à la minute où je les avais prononcées. Où avais-je la tête ? On aurait dit l'une de ces charmeuses artificielles qui se jouaient des garçons en cherchant les compliments et en agissant de manière superficielle. Qu'est-ce que Dominic allait penser de moi ? Et pourquoi cela m'importait-il ?

— Je ne sais pas qui tu es… du moins pour l'instant, répondit le garçon en s'approchant si près de moi que j'en eus le souffle coupé.

La façon dont il avait ajouté « pour l'instant » semblait à la fois une menace et une promesse. Il tendit la main et toucha doucement la mèche noire striant ma chevelure blonde.

Pendant un moment, nos regards se rencontrèrent. J'avais peine à respirer. Des émotions m'envahissaient ; elles étaient violentes et insaisissables, comme si je m'étais tenue dans le cratère d'un volcan. L'intensité de mes émotions m'effraya et je me détournai vivement pour voir si Thorn avait terminé son appel. Non ! Elle parlait toujours.

Quand je trouvai le courage de regarder de nouveau Dominic, il portait ses lunettes solaires, se cachant derrière des verres fumés.

— Alors, comment va l'enquête ? demanda-t-il d'un ton dégagé.

— Lentement.

« Respire à fond, pensai-je. Agis normalement. »

— Hier, nous sommes allées voir Eleanor Baskers. C'est une descendante de la femme qui a pris soin des filles d'Agnes. Il y a donc une chance qu'elle sache ce qui est arrivé aux sœurs et aux breloques, sauf qu'elle n'était pas chez elle quand nous sommes passées. Thorn et moi étions sur le point d'y retourner lorsque nous avons reçu cet appel au sujet de Nona.

— As-tu une idée de la personne qui a appelé ? demanda Dominic.

— Aucune, répondis-je nerveusement. J'imagine que j'ai pu me tromper. La communication était mauvaise ; il y avait beaucoup de crépitements sur la ligne. Cependant, je suis certaine que cette personne a dit que Nona avait eu un accident de voiture. Peut-être m'a-elle confondue avec quelqu'un d'autre. Pourtant, elle connaissait mon nom. Elle a dit qu'elle était infirmière... ouais, infirmière Eloch.

— De quel hôpital ? s'enquit Dominic.

— Je ne sais pas, répondis-je. Si elle me l'a dit, je n'ai pas entendu. La communication s'interrompait à tout moment. Heureusement, Nona va bien. Alors, j'imagine que ça n'a plus d'importance à présent.

— C'est important, me contredit Dominic, une expression farouche sur le visage. Faire un appel comme celui-là, c'est un crime.

— Il doit s'agir d'une erreur.

— Ou d'une tentative délibérée pour t'empêcher de voir Eleanor Baskers.

— Tu n'es pas sérieux ! C'est dément.

— Il y a toutes sortes de fous en liberté.

Je hochai la tête, pensant à Chloé et à ses admirateurs obsédés.

— Malgré tout, pourquoi une personne voudrait-elle m'empêcher d'aider ma grand-mère ? Ce serait de la cruauté.

— Les gens sont cruels, déclara Dominic sans ambages.

— Peut-être que tout ça n'a rien à voir avec Nona, mais plutôt avec les breloques perdues. Est-ce possible que quelqu'un d'autre que nous soit également à la recherche de ces babioles ?

— Tout est possible.

— Eh bien, personne ne se mettra en travers de ma route, dis-je alors que je sentais la détermination grandir en moi. Thorn et moi, nous irons directement à la résidence Peaceful Pines.

— Moi aussi.

Dominic mit la main dans ses poches et sortit ses clés de voiture.

— On se voit là-bas, dit-il simplement.

Sans demander si ça nous ennuyait qu'il nous accompagne à la résidence, il grimpa dans son camion et ferma la portière d'un claquement sec. Son moteur gronda et l'odeur nauséabonde du diesel me fit plisser le nez. Quand il démarra en trombe, du gravier et de la poussière formèrent un épais nuage.

— Où va-t-il ? me demanda Thorn, qui se hâtait à me rejoindre avec la main en visière au-dessus des yeux alors que Dominic s'éloignait. Il n'a pas attendu que je lui remette son téléphone cellulaire !

— Tu le verras sous peu de toute façon. Il se dirige vers Peaceful Pines.

— Avant nous ? se plaignit Thorn. Viens, partons d'ici en vitesse.

Nous nous dépêchâmes de monter dans la jeep jaune et prîmes la direction de Peaceful Pines. Malheureusement, il nous fallait traverser Pine Peaks. Lorsque nous approchâmes de la ville, la circulation devint plus dense et les voitures finirent par rouler à pas de tortue. L'affiche annonçant la célébration pour Chloé flottait joyeusement au-dessus de nos têtes, alors que nous avancions au ralenti vers le centre-ville.

— Pas encore, s'écria Thorn en frappant le volant de la paume de sa main. Je déteste les bouchons de circulation.

— Regarde le bon côté des choses, la consolai-je. Si nous sommes coincées, Dominic l'est également.

— Bon point, mais toute cette circulation me tue. Au rythme où on va, ça va nous prendre une heure pour parcourir dix kilomètres.

Thorn donna un coup de klaxon pour manifester son impatience.

— Hé ! Avance, le conducteur à la voiture grise.

— Il y a une file de voitures devant lui, dis-je. Sois patiente.

— Je ne suis pas patiente. J'ai tellement hâte d'être de retour à la maison pour redevenir moi-même.

— Mets ta perruque noire, si ça peut contribuer à ton bien-être.

— Et courir le risque que madame Snope ou une autre des amies fouineuses de ma tante bavasse sur moi ? Je peux endurer cet accoutrement pendant encore quelques heures.

Puis, Thorn klaxonna une autre fois.

Je regardai par la vitre et j'aperçus une équipe de télévision. Ma première réaction fut de me baisser dans mon siège au cas où la caméra fixerait son objectif sur la circulation. Cependant, lorsque je remarquai la petite vieille dame qui était interviewée par Heidi, je regardai la scène avec curiosité.

— Hé, Thorn ! m'exclamai-je en poussant mon amie du coude et en interrompant ses coups de klaxon. C'est Cathy, la femme aux cheveux comme de la barbe à papa, celle que nous avons rencontrée hier.

— La meilleure amie du fantôme ? questionna Thorn.

— Ouais. Elle raconte probablement à Heidi la même histoire qu'elle m'a déballée.

— Elle a ses quinze minutes de gloire, grommela Thorn.

— Je parie qu'elle aura plus de quinze minutes. Elle m'a dit qu'elle et Chloé étaient surnommées les « indomptables C » tant elles étaient rebelles.

— On peut dire la même chose d'une ville qui célèbre un fantôme.

Thorn pointa le doigt vers le bout de la rue.

— Regarde ce gars, avec son chapeau en papier d'aluminium.

— Étrange à souhait, dis-je, en pivotant pour voir le type. Par contre, il se trompe. Les chapeaux en aluminium protègent contre les extraterrestres, pas contre les fantômes.

— Ta grand-mère t'a-t-elle aussi renseignée à propos des extraterrestres ?

— Non, répondis-je en riant. J'ai tout appris à leur sujet dans un film de Mel Gibson.

Étonnamment, la circulation redevint fluide et, quelques minutes plus tard, nous prenions la route campagnarde qui menait à Peaceful Pines. Plein de nids-de-poule boueux, le chemin était plus défoncé qu'auparavant.

Le soleil avait disparu ; des nuages gris glissaient au gré des vents forts tandis que nous nous engagions dans le stationnement de la résidence pour personnes âgées. Je repérai le camion de Dominic, mais ce dernier n'était pas à l'intérieur. Quand je regardai du côté du bureau, je vis la porte se refermer derrière lui.

— Bien ! dis-je, satisfaite. Pendant qu'il est avec la directrice, nous pouvons rejoindre Eleanor les premières. Il devra attendre que le chien de madame Fontaine cesse de japper avant d'apprendre où se trouve la maison d'Eleanor, tandis que, nous, nous le savons déjà.

Je claquai la portière de la jeep derrière moi, puis menai Thorn à travers le stationnement et derrière le pavillon. Nous suivîmes le chemin jusqu'aux chaleureuses maisons blanches, chacune séparée par un petit jardin et un bout de pelouse bien entretenue. Je lus les numéros de porte jusqu'à ce que je rencontre le 261.

Toutefois, le cottage était sombre et personne ne répondit à la porte.

— Frappe plus fermement, suggéra Thorn. Madame Baskers est peut-être dure d'oreille ou sous la douche.

— Ou encore en Floride, nous lança une voix sarcastique derrière nous.

Je me tournai pour découvrir Dominic, qui affichait un sourire amusé.

— Comment le sais-tu ?

— La directrice m'a appris qu'il y a un avis d'ouragan. Alors, l'avion a été retardé une autre fois.

— En es-tu certain ? demandai-je alors que le découragement me gagnait. Si le chien de la directrice jappait tout le temps, tu as peut-être mal entendu.

— Oui, j'en suis sûr, répliqua Dominic. Et le chien jappe seulement parce qu'il n'aime pas les coupes de cheveux guindées.

Thorn pencha la tête vers le chien.

— Ainsi, tu es expert dans le domaine ? demanda-t-elle à Dominic.

— Non, répondit-il, le visage fermé.

— Il a un don avec les animaux, fis-je remarquer en restant vague.

Je connaissais le don de Dominic à communiquer avec les animaux, mais j'avais promis d'en garder le secret. Alors, j'ignorai le regard inquisiteur de Thorn et me tournai à nouveau vers Dominic.

— La directrice a-t-elle dit quand madame Baskers serait de retour ?

— La dame espère attraper un vol demain matin.

— Ce qui signifie qu'elle ne sera pas ici avant demain soir ! dis-je en gémissant Il m'est impossible de rester ici aussi longtemps.

Je pensai à ma promesse d'aider Penny-Love à décorer la pièce pour la danse ainsi qu'à mon rendez-vous avec Josh.

— Retourne à la maison et je me chargerai de tout ici, me proposa Dominic.

Je savais que j'aurais dû être reconnaissante pour son offre, mais je n'étais pas encore tout à fait prête à partir.

Je ne dis pas grand-chose pendant que nous quittions la maison ; je discutais plutôt avec ma conscience. Depuis longtemps, j'avais hâte de me rendre à cette soirée de danse et j'étais impatiente de montrer mes talents créatifs en décoration. De plus, il y avait Josh ; il était si populaire que toutes les filles m'enviaient d'être sa petite amie. Ce serait notre première apparition en couple et je me mourais d'envie de danser avec lui.

Puis, je pensai à ma grand-mère. Elle mettait sa confiance en moi afin que je trouve le remède. Il y aurait d'autres danses, mais Nona était unique.

J'étais sur le point d'apprendre à Thorn que j'avais décidé de rester mais, au moment où nous étions de retour dans le stationnement, elle poussa un cri. L'horreur était peinte sur son visage et elle s'élança au pas de course.

Dominic et moi échangeâmes un regard surpris, puis nous nous élançâmes à ses trousses. Nous la rattrapâmes à côté de la jeep jaune. La bouche grande ouverte en raison du choc, elle pointa son véhicule.

Le toit en toile avait été coupé en rubans, les pneus avaient été tailladés et le pare-brise était craqué. Alors que nous nous hâtions d'aller voir de plus près, j'aperçus une feuille de papier sur l'appuie-tête du siège du conducteur.

Elle était maintenue en place par un énorme couteau.

19

DOMINIC TIRA UN CHIFFON DE SA POCHE ET RETIRA avec précaution le couteau de l'appuie-tête Après un hochement de tête et avec le plus grand des sérieux, il remit la note à Thorn.

Elle y jeta un regard, pâlit un peu plus et me la tendit. Le message était court, imprimé à l'encre noire en gros caractères : « Quittez la ville ou vous mourrez. »

— Qui peut faire une chose pareille ? m'écriai-je, les mains tremblantes, tandis que je relisais la note.

Thorn secoua la tête.

— Je ne comprends pas, dis-je dans une faible tentative d'agir normalement et de ne pas paniquer. Pourquoi quelqu'un voudrait-il nous voir partir ? Est-ce une blague de mauvais goût ?

— Ce couteau n'a rien d'amusant, me fit remarquer Thorn en frissonnant.

— Pas plus que cette note, ajouta Dominic sur un ton grave. Vous avez une idée de la personne qui aurait pu la déposer ?

— Aucune, répondis-je. D'abord l'appel téléphonique, et maintenant ceci. C'est plus qu'une coïncidence. Quelqu'un essaie de nous faire peur et de nous éloigner.

— Un mot ne m'effraie pas mais ma mère, si, affirma Thorn en se frottant le front. Quand elle verra sa jeep, elle me tuera.

— Ce n'est pas ta faute, dis-je. D'ailleurs, n'est-ce pas le travail de ta mère de pardonner ?

— Pas quand il s'agit de sa voiture. J'aimerais mieux faire face à ce malade.

Thorn se laissa choir contre la portière et continua à se frotter le front.

— Je vais devoir déclarer cet incident à la compagnie d'assurances ou au service de police.

— Nous serons alors coincés ici pendant des heures à remplir des formulaires et à répondre à des questions, fit remarquer Dominic.

— Et le psychopathe gagne, car nous devons quitter la ville sans avoir parlé à Eleanor Baskers, conclus-je sombrement.

— Pensez-vous que c'est de ça qu'il s'agit ? s'enquit Thorn. Quelqu'un voudrait nous empêcher de nous entretenir avec madame Baskers ?

— Eh bien, ça ne fonctionnera pas, car je ne vais pas y renoncer, promis-je.

— Et la jeep ? demanda Thorn, en ouvrant les bras pour montrer sa frustration. Comment vais-je la réparer ?

— Laisse-moi m'arranger avec ça, répondit Dominic.

Il s'avança, contourna la benne de son camion et revint avec un sac de plastique. Il y déposa le couteau avec soin. Puis il offrit de s'occuper des réparations sur la voiture de Thorn.

— Depuis quand connais-tu les voitures ? lui demandai-je en me plaçant devant lui, les mains sur les hanches. Je ne te croyais qu'expert en animaux.

— Reste auprès de moi et tu en sauras davantage.

Dominic me fit un clin d'œil, se détourna et sortit son téléphone cellulaire.

Pendant qu'il parlait à un « copain » travaillant dans les voitures, je l'observai. Pourquoi me rendait-il si inconfortable ? Il avait été obligeant en toute circonstance. Pourtant, je ne me sentais pas à l'aise près de lui, comme s'il y avait des non-dits entre nous.

Frustrée, je pivotai et posai mon regard sur le pavillon. La grande fenêtre panoramique offrait une vue dégagée sur le stationnement. Une personne à l'intérieur avait-elle été témoin du saccage ?

Dominic parlait toujours au téléphone en marquant une pause ici et là pour poser des questions à Thorn à propos de la voiture. Ils ne remarquèrent pas mon départ discret vers le pavillon.

Quand je pénétrai dans la pièce trop chaude en raison de l'air confiné, je fus déçue de constater qu'elle était presque vide. Le téléviseur était éteint et il n'y avait aucun joueur de cartes. Un homme au dos voûté était assis sur une chaise près de la fenêtre, ce qui lui donnait une bonne vue sur le stationnement. Cependant, en m'approchant de lui, j'aperçus sa canne blanche et le livre en braille qu'il parcourait des doigts. Les seules autres personnes présentes étaient deux femmes qui bavardaient en faisant du crochet et un homme à la chevelure argentée qui peinait sur des mots croisés. Or, aucune d'elles n'était près de la fenêtre.

Découragée, je m'apprêtais à partir quand mon regard tomba sur l'homme aux mots croisés. Il avait une casquette de la marine négligemment posée sur la tête et décorée d'impressionnants écussons du genre que pourrait porter un amiral à la retraite. Curieuse, je m'approchai de lui.

Il avait l'air assez vieux pour être le fiancé de Chloé. De plus, son aura bleu et orange foncé vibrait en donnant l'impression d'une grande force et de beaucoup de confiance. Comment pourrais-je découvrir avec certitude s'il s'agissait bien du fameux fiancé ? On ne peut quand même pas simplement s'approcher d'une personne et lui demander si elle avait été sur le point de se marier avec un fantôme.

Pendant que je cherchais une bonne façon d'adresser la parole à ce monsieur, il pivota dans sa chaise pour me regarder directement dans les yeux.

— Jeune femme, si vous avez affaire à moi, veuillez m'indiquer de quoi il s'agit avec promptitude et brièveté afin que je puisse revenir à mes mots croisés. Je trouve déconcertant d'être fixé du regard.

— Je ne voulais pas vous dévisager, dis-je en rougissant.

— Les gens aux meilleures intentions sont habituellement les plus indiscrets.

— Je suis désolée…, mais ne seriez-vous pas Theodore ?

— Amiral à la retraite Theodore Alexander Vincente ou Teddy pour mes amis, précisa le vieil homme d'un ton sec.

Ses yeux bleus étaient délavés par l'âge, mais son regard avait une acuité qui me fit redresser les épaules et me mettre au garde-à-vous.

— Je ne crois pas que nous nous connaissions, fit-il remarquer.

— J'ai entendu parler de vous, lui avouai-je en joignant les mains. Autrefois, n'avez-vous pas été fiancé à Chloé… le fantôme ?

— Hum ! s'exclama-t-il. Toutes ces histoires de fantômes sont une insulte à sa mémoire.

Il tapa si fortement avec son crayon que la mine se brisa.

— En règle générale, je ne parle pas d'elle, poursuivit-il, mais je suis fatigué de voir comment cette ville glorifie sa mort et non sa courte vie. C'était une belle et délicieuse fille et, si elle n'était pas morte de façon si tragique, elle serait devenue ma femme.

— Tout cela a dû être très éprouvant pour vous, dis-je avec sympathie.

— Cette histoire remonte à plus de cinquante ans. De l'eau a coulé sous les ponts depuis. La vie continue.

— Vous devez pourtant avoir aimé profondément Chloé.

— Elle était la seule pour moi et elle le restera à jamais, déclara le vieil homme.

Il s'arrêta pour me regarder attentivement.

— Pourquoi cet interrogatoire ? Tu es trop jeune pour faire partie des médias.

Je fus offusquée de m'entendre dire que j'étais trop jeune, mais je cachai mon irritation sous un haussement d'épaules.

— Je suis simplement curieuse à propos de Chloé.

— C'est bien plus que de la curiosité qui t'a amenée jusqu'ici. La plupart des gens à Pine Peaks ont tendance à oublier notre existence, nous les vieux grincheux.

— Je ne suis qu'en visite. J'avais espéré parler à Eleanor Baskers. C'est une… personne de ma famille, sauf qu'elle n'est pas encore de retour. J'ai lu la biographie de Chloé et je suis étonnée qu'on n'y parle pas de vos fiançailles.

— Ce livre est rempli d'inexactitudes. N'importe quel idiot peut écrire un livre et Kasper doit être l'homme le plus idiot que je n'ai jamais connu. Un étranger comme lui n'a pas le droit de se poser en expert de Chloé. Il ne l'a même jamais rencontrée.

— Mais il sait tout sur les fantômes, dis-je.

— Il est donc un toqué comme les autres qui s'attroupent ici tous les mois d'octobre. Quelle pourriture !

Theodore éclata d'un rire dégoûté.

— Si les fantômes existaient, ne crois-tu pas que Chloé se serait montrée à moi ? fit-il remarquer.

— Bien… j'imagine.

— Bien sûr que si. J'étais aussi très proche de ses parents, et pourtant je n'ai pas encore été visité par leur fantôme. Ils me considéraient comme leur fils et j'aurais tout fait pour eux.

— Alors, pourquoi les fiançailles étaient-elles secrètes ?

— Ce n'était pas mon idée, je te l'assure.

Le vieil homme plia un coin de la page de son livre de mots croisés de ses mains noueuses.

— Chloé était pleine de vie et elle n'était pas pressée de s'installer en ménage. Nous nous sommes donc mis d'accord pour attendre après la remise des diplômes pour annoncer nos fiançailles et, avant que cela n'ait pu se produire…

Ses mains retombèrent le long de son corps.

— Elle est morte, terminai-je tristement.

Theodore leva la tête, le regard chargé de défi.

— Je suppose que tu crois les histoires qui prétendent qu'elle est tombée amoureuse d'un étranger et qu'elle comptait s'enfuir avec lui ?

— N'est-ce pas ce qui s'est passé ?

— Encore des sornettes sans valeur.

— Elle n'est pas tombée amoureuse de James ?

— Chloé avait beaucoup d'admirateurs. Elle était tellement belle qu'on en tombait amoureux d'un simple regard. Elle a pu danser avec James, mais j'étais l'homme qu'elle comptait épouser. Il ne signifiait rien pour elle.

— Alors, vous le connaissiez ?

— Non. Je n'étais pas un bon danseur et je ne fréquentais pas le pavillon. Par contre, on m'a dit que James n'y est resté qu'un court moment.

Les lèvres de Theodore formèrent une mince ligne.

— Personne ne sait où il est allé, mais bon débarras, ajouta-t-il. Il méritait ce qui a pu lui arriver.

— Que croyez-vous qu'il lui soit arrivé ? demandai-je avec un frisson.

— Je n'en ai aucune idée et cela ne m'intéresse pas. Ne crois pas tout ce que tu entends ou lis à propos de Chloé. Seuls ceux qui étaient vraiment proches d'elle connaissent la vérité.

Theodore secoua le doigt dans ma direction, puis inscrivit une réponse dans ses mots croisés.

« Quelle est la vérité ? » me demandai-je en m'éloignant lentement. Je revis le rêve de Chloé dans ma tête. La jeune fille semblait absolument radieuse en dansant dans les bras de James. J'avais ressenti son excitation et sa passion. Chloé était peut-être fiancée à Theodore, mais c'est James qu'elle aimait.

James lui avait-il rendu cet amour ? À quel sujet s'étaient-ils disputés sur la falaise ? Ou y avait-il quelqu'un d'autre avec elle ? Qu'est-ce que tout ça signifiait ?

Je n'étais pas certaine que James avait posé un lapin à Chloé ou causé la mort de cette dernière d'une quelconque façon. Le seul fait avéré était que James était disparu ce soir-là, lui aussi. Pourquoi personne n'avait-il jamais entendu parler de lui par la suite ? Chloé semblait penser qu'il était toujours près d'ici et peut-être avait-elle raison. Un horrible soupçon me faisait souffrir ; on aurait dit que j'avais un couteau planté dans le cœur.

« James était-il réellement parti ce soir fatidique ? me demandai-je. Ou était-il enterré tout près dans une tombe sans nom ? James avait-il été assassiné ? »

20

— QUE FAIS-TU ? DEMANDAI-JE À THORN LORSQUE je revins à la jeep et que je la vis tenant le couteau au creux de ses mains en le fixant avec une concentration de zombie.

Ses yeux à demi fermés ne cillaient pas et elle était nimbée d'une aura chatoyante d'un bleu lavande argenté.

— Chut ! me prévint Dominic en se posant un doigt sur les lèvres et en prenant place à mes côtés. Ne la fais pas sursauter. Elle est dans cet état depuis dix minutes.

Je lui fis signe que oui pour montrer que j'avais compris.

— Elle cherche, dis-je.

— Comment fait-elle ? me demanda Dominic en me regardant avec curiosité.

— Elle touche une chose et elle obtient des images mentales de cet objet, répondis-je.

— Comme tes visions ?

— Pas vraiment. J'entrevois des images vagues du passé et de l'avenir sur lesquelles je n'ai aucun pouvoir. À l'inverse, Thorn saisit des vibrations d'à peu près tout objet qu'elle fixe avec attention.

— Ah, dit Dominic avec un hochement de tête. La psychométrie !

— Comment connais-tu ça ?

— Les livres de la bibliothèque. Je lis beaucoup.

— Ah oui ?

— N'aie pas l'air si étonnée.

— Je ne le suis pas. C'est simplement que tu travailles toujours à l'extérieur.

— Un gars se doit de faire travailler tous ses muscles, incluant celui-ci, expliqua Dominic en se donnant un petit coup sur la tête.

Il souriait comme s'il éprouvait du plaisir à me surprendre.

J'étais surprise, mais non parce qu'il était intelligent. Ça, je le savais déjà. Ce que je découvrais, c'était combien son sourire me réchauffait. De plus, l'odeur fraîche de ses cheveux me rappelait les herbes sauvages de la forêt. Une mèche châtain rebelle flottait au-dessus de son oreille et j'avais une envie irrésistible de la lisser. Au lieu de quoi je lissai timidement mes propres cheveux.

Le garçon me regarda avec un air rempli d'espoir, comme s'il attendait quelque chose. Quoi ? Je n'en avais aucune idée. Je me contentai de me tourner vers Thorn, qui était encore paralysée devant le couteau.

Dominic suivit mon regard.

— Elle en a habituellement pour combien de temps ? s'enquit-il.

— Je n'en sais rien. Je ne l'ai vue faire ce manège que quelques fois.

— Tant que ça fonctionne, lança Dominic.

Il rejoignit la jeep et passa sa main sur la toile percée du toit.

— Je veux trouver l'imbécile qui a fait ça, poursuivit-il.

— Moi aussi. C'est horrifiant d'avoir un ennemi qu'on ne connaît pas.

— Ne le laisse pas t'effrayer. Seuls les lâches font des menaces.

Je hochai la tête en signe d'assentiment, mais j'étais encore inquiète. Cette note me rappelait de mauvais souvenirs de l'année précédente à Arcadia High — lorsque tout le monde s'était ligué contre moi après que ce garçon fut mort. Mon casier avait été saccagé, les pneus de ma bicyclette avaient été crevés et j'avais reçu des messages bien pires que celui-là. J'avais cru que toute peur et toute haine étaient des choses du passé. Pourtant, je m'étais déjà fait un ennemi en la personne d'Evan Marshall et, à présent, il y avait cette note. Un ennemi obscur était beaucoup plus dangereux. Ne pas savoir de qui me méfier me mettait les nerfs à vif.

— Verre, cria Thorn en rompant le silence et en relevant brusquement la tête. Du verre poli.

Dominic et moi nous précipitâmes vers elle.

— Qu'as-tu vu ? demandai-je en plaçant ma main avec douceur sur les épaules de Thorn.

— Le couteau était entouré de verre… dans une vitrine, je crois, dans un étalage.

— Où ? demanda Dominic.

Thorn cligna des paupières.

— Une étagère en verre. Non, un comptoir avec beaucoup de gens, près d'une caisse enregistreuse.

— Un magasin ? tenta Dominic pour deviner l'endroit.

— Oui, c'est ça. Je peux même voir le bâtiment ; il est en brique et une œuvre sur velours représentant des chiens est suspendue au mur. J'ai l'impression que c'est tout près.

Dans son excitation, Thorn attrapa la main de Dominic.

— Prenons ton camion.

La plupart des gars auraient posé d'autres questions, mais Dominic sembla comprendre. Sans hésitation, il sortit ses clés et nous conduisit à son véhicule. Après avoir bouclé sa ceinture, il se tourna vers Thorn pour savoir quelle direction prendre.

— Par là, dit-elle, tenant délicatement le couteau avec une main pendant qu'elle pointait de l'autre.

Une grande énergie émanait d'elle, comme si elle était en feu.

Des nuages menaçants tournoyaient au-dessus de Pine Peaks et un vent vif balayait les feuilles sur le pavé. Les arbres squelettiques bordant Main Street étaient aussi dépouillés que les trottoirs étaient déserts, ce qui donnait à la ville habituellement trépidante un étrange air de ville abandonnée.

Nous trouvâmes facilement un espace de stationnement devant un magasin d'articles de sport appelé « Les grands espaces ». Des fournitures de chasse encombraient la vitrine : des vestes de camouflage, des bottes robustes, des arcs et des flèches, ainsi que des couteaux à la lame effilée comme un rasoir. Même si ce magasin semblait le choix le plus logique, Thorn secoua la tête en signe de dénégation et, tout en serrant le sac contenant le couteau, poursuivit sa route sur le trottoir comme une somnambule. Nous dépassâmes le salon de coiffure pour hommes Bubba, les agents d'immeubles High Peaks, la boutique Tansy's Trinkets, le musée Chloé et Glittermania avant que Thorn ne nous guide à l'intérieur d'un magasin carré et briqueté nommé Golden Oldies.

— Ici ?

Dominic et moi regardâmes avec désarroi une vitrine avec un étalage de babioles et où se tenait un mannequin avec des vêtements chic de seconde main.

— Ouais.

Thorn sembla perdre son énergie et elle s'affaissa sur un banc posé sur le trottoir.

— Je dois m'asseoir une minute. Allez à l'intérieur et cherchez une armoire vitrée avec des bijoux et de vieilles pièces de monnaie à l'intérieur.

— Nous revenons tout de suite, dis-je.

Dominic acquiesça, puis nous poussâmes la porte d'entrée faite de bois.

Une commis portant un diamant au nombril et un jean à taille basse nous remarqua immédiatement. Ou — pour être plus précise — elle remarqua Dominic. L'insigne sur sa veste nous informait qu'elle s'appelait Tawnya et qu'elle était directrice adjointe.

— Bonjour, dit-elle avec un sourire qui s'élargit à mesure qu'elle détaillait Dominic des pieds à la tête. Que puis-je faire pour *toi* ?

Dominic retira le couteau du sac et le déposa sur le comptoir.

— Nous avons trouvé ceci sur le trottoir en face de ta boutique.

— Sans blague ? s'exclama l'ajointe, les yeux grands. Habituellement, les touristes perdent leurs clés. C'est la première fois que quelqu'un perd un couteau.

— Le reconnais-tu ? lui demanda Dominic en pointant la garde dorée et la lame tranchante argentée.

— Il me semble familier, mais pas *toi*. Je me souviens de tous les clients intéressants.

Tout sourire et battant des cils, l'adjointe se pencha sur le comptoir en me faisant penser à un agile félin prêt à s'élancer sur sa proie.

— Tu es ici pour la célébration ?

— Heu… répondit Dominic.

Il marqua une pause, puis il fit un signe de tête affirmatif.

— C'est ce que je pensais, dit Tawnya, l'air déçue. Un autre chasseur de fantômes. Par ici, Chloé est comme une idole américaine. J'étais une de ses admiratrices aussi, mais c'était avant que…

— À propos du couteau, l'interrompit Dominic, sais-tu à qui il peut appartenir ?

— J'ai une idée à qui il a déjà appartenu, répondit Tawnya.

— À qui ? lui demandai-je.

Elle m'ignora, son attention totalement accaparée par Dominic pendant qu'elle passait un doigt sur la garde du couteau.

— Vois-tu ce petit « R » gravé sur le manche ? Ça signifie qu'il provient de la succession
des Rafferty. Le dernier membre de cette
famille est mort et nous avons vendu ses affaires
il y a des mois de cela.

— Peux-tu découvrir qui l'a acheté ?

— Nos dossiers ne sont pas ouverts au
public.

— Ah, dit Dominic, visiblement déçu.

— Mais je peux vérifier pour toi, ajouta
Tawnya en lui faisant un clin d'œil.

— Heu… merci, lui répondit Dominic en
rougissant.

— Pas de problème. Je suis heureuse de
servir mes clients.

Tawnya fit papillonner ses cils mauves et
scintillants, et adressa un grand sourire à
Dominic. Elle lui faisait du charme d'une façon
qui me donnait envie de vomir. Ses intentions
ne pouvaient être plus claires.

Pendant qu'elle démarrait un ordinateur,
elle ne cessa d'écarquiller les yeux devant
Dominic.

— Ouais, le couteau faisait partie de la
succession Rafferty et il a été vendu il y a plus
de cinq mois.

— Il y a si longtemps ? interrogea Dominic
en fronçant les sourcils. Qui l'a acheté ?

— Il n'y a aucune façon de le savoir parce que la personne a payé comptant. Les dossiers indiquent uniquement la date de la vente et les articles achetés.

— Quels autres articles ont été achetés ? demanda Dominic.

— Des trucs étranges.

L'adjointe tapa sur l'écran de l'ordinateur avec un ongle verni de rose.

— Un tapis en fausse fourrure, un bocal à poissons et un soulier de femme de pointure six.

— Un seul soulier ?

Dominic leva un sourcil.

— Peut-être un unijambiste ! s'exclama l'adjointe. Si je découvre autre chose, je t'en informerai. Laisse-moi ton numéro de téléphone.

Tawnya garda le silence un instant et, pour la première fois. elle me regarda.

— Enfin, si ta petite amie n'y voit pas d'inconvénients.

— Je ne suis pas… C'est-à-dire…

Dominic me tapota le bras avec affection.

— Ça ne la dérange pas.

Mon visage devint rouge vif et je perdis toute capacité de parler. Pourquoi ne la détrompait-il pas ? Comment pouvait-on penser que nous sortions ensemble ?

Or, Dominic se contenta de sortir un stylo de sa poche et de noter rapidement son numéro de téléphone. Tawnya ramassa le papier avec un sourire rusé, puis se tourna vers moi.

— J'espère que tu connais ta chance.

— Ne t'en fais pas, je la connais.

Je lançai un regard agacé à Dominic.

— Tu sors avec un gars vraiment épatant, me fit remarquer Tawnya.

— Ouais, épatant, me contentai-je d'acquiescer.

Mon sarcasme sembla lui passer complètement par-dessus la tête. Une expression étrange traversa plutôt son visage et elle me fit signe de m'approcher.

— Peut-on parler seule à seule un moment ? me demanda-t-elle. Il y a une chose que tu dois savoir.

— Heu… bien sûr.

Intriguée, je regardai Dominic. Il haussa les épaules, puis il offrit de m'attendre à l'extérieur.

— Je dois t'avertir, me murmura Tawnya. C'est à propos de la célébration de ce soir.

— Qu'y a-t-il ?

— Tu devrais convaincre ton petit ami de ne pas y aller, répondit Tawnya.

Je m'apprêtais à lui donner l'heure juste à propos de Dominic et de notre relation, mais l'anxiété dans sa voix me fit changer d'avis. J'en découvrirais davantage en parlant moins.

— Pourquoi ?

— Ce n'est pas sécuritaire pour les beaux garçons. S'il y va, surveille-le. Il me rappelle mon ancien petit ami Léon et cela pourrait signifier des ennuis s'il s'approche du fantôme.

— Que veux-tu dire ?

— Chloé jette de la poudre aux yeux de tous, mais je sais qu'elle est dangereuse.

Mon pouls s'accéléra.

— Comment cela ?

— À cause de Léon. C'était aussi un admirateur de Chloé, du moins jusqu'à ce qu'elle essaie de le tuer.

21

La porte de la boutique claqua en se refermant et un vent froid fouettait l'air tout autour de moi. Pendant que je tentais de maintenir mes cheveux en place, j'entendis un bruissement. Je levai le regard vers la bannière annonçant la célébration en l'honneur de Chloé. Déchirée par le vent et en lambeaux, elle s'agitait au-dessus de nous comme un oiseau blessé.

Je m'attendais à trouver Dominic et Thorn assis sur le banc, mais ce dernier était vide. Je jetai un coup d'œil autour de moi et les aperçus près du camion.

En traversant la rue, malgré moi je pensai à Chloé. Était-elle la victime d'une tragédie ou un esprit dangereux ? Selon Tawnya, le fantôme avait attiré l'ancien petit ami de la jeune fille vers une falaise isolée. Il avait été pris de vertige, comme s'il avait été en transe. Puis, il avait trébuché comme si une personne l'avait poussé et il avait commencé à dévaler la falaise. S'il n'avait pas réussi à s'accrocher à un vieil arbre, il serait mort. Ses amis avaient finalement entendu ses cris désespérés, mais aucun d'eux n'avait cru qu'un fantôme l'avait attaqué. Ils l'avaient plutôt accusé d'avoir trop bu et d'être maladroit.

Tawnya avait admis qu'il *était* maladroit et qu'il *buvait* trop. Elle croyait cependant à l'histoire du garçon. Je n'étais pas certaine d'y croire aussi, mais je m'en souviendrais. Léon était-il le type que j'avais vu tomber dans les visions que j'avais eues en rêve ? Plus j'en apprenais sur Chloé, plus j'avais envie de quitter la ville rapidement.

Un peu plus tard, Dominic s'entretint avec un mécanicien, un gars dans la trentaine portant une longue barbe clairsemée et répondant au curieux surnom de « Bouc ». Le type accepta de passer prendre la jeep de Thorn et de la réparer pour le lendemain matin.

Je baissai les yeux vers ma montre et me mis à gémir. Déjà presque quinze heures. Il n'y avait aucune chance pour que je sois de retour à temps pour la danse. En soupirant, je partis faire deux appels téléphoniques.

— Sabine ! s'exclama Penny-Love en entendant ma voix Il est à peu près temps ! Je m'apprêtais à croire que tu n'appellerais jamais et à me faire du souci.

— Il n'y a pas lieu de s'inquiéter, je vais bien, la rassurai-je.

— C'est à propos de la danse que je m'inquiète ! J'ai des boîtes de rubans, des serpentins, de la peinture, mais aucun talent pour la décoration.

— N'importe qui peut faire des torsades avec du papier crêpé et accrocher des bannières.

— Pas moi. Je compte sur toi pour m'aider à confectionner des décorations renversantes. Tu devais être de retour hier.

— Je suis désolée. La situation est devenue complètement folle.

Les choses auraient été moins pénibles si j'avais pu être plus franche. Cependant, il m'était difficile expliquer la teneur de mon don. Mon ancienne meilleure amie s'était retournée contre moi quand elle avait découvert la vérité à propos de ce don. Je n'étais donc pas pressée d'en parler à Penny-Love.

— La situation est beaucoup plus folle ici, me fit remarquer Penny-Love d'une manière hautement théâtrale.

Elle avait peut-être quelques défauts, mais elle était loin d'être ennuyante.

— Je suis stressée à propos de la danse, poursuivit-elle, de mon entraînement avec les pom-pom girls, des tonnes de devoirs à faire et de l'aide que j'offre à ta grand-mère. As-tu su qu'il y avait eu une panne électrique et que je lui avais prêté mon portable ?

— Ouais, elle me l'a dit. Merci de lui avoir rendu service.

— C'était amusant. Je vais tout te raconter en personne dès que tu ramèneras ton popotin chez moi. Nous avons des tas de choses à faire. Quand peux-tu rentrer le plus tôt possible et venir me rejoindre à la maison ?

— Eh bien…

Je me mordis la lèvre.

— Ça pourrait prendre un bon moment, ajoutai-je.

— Où es-tu, exactement ?

— Heu… à Pine Peaks. Et il y a pire encore.

Je soupirai profondément et j'admis que je ne serais pas de retour avant le lendemain.

Penny-Love hurla si fort que j'en eus mal aux oreilles.

— Je n'arrive pas à croire que tu puisses me faire ça ! s'écria-t-elle.

— Je suis désolée. C'est simplement que rien ne s'est passé comme prévu. L'amie de la famille que je suis venue visiter n'est toujours pas rentrée et la voiture de Thorn a besoin de réparations…

— Thorn ! cria Penny-Love d'un ton accusateur. Qu'est-ce que cette perdante de gothique vient faire dans tout ça ?

— Ce n'est pas une perdante, dis-je pour prendre sa défense. Elle a été assez gentille pour me conduire ici.

— Tu aurais pu refuser. De toute évidence, tu préfères être avec elle qu'avec moi.

— Non, ce n'est pas vrai…

— Prouve-le. Reviens tout de suite.

— Je ne peux pas. Tu ne comprends pas…

— Oh oui, je comprends parfaitement à présent. Tu me laisses tomber. Moi qui te croyais mon amie, je vois que j'avais tort.

Lorsque Penny-Love me raccrocha au nez, le bruit sec que j'entendis me brisa le cœur.

« J'ai mérité ça, pensai-je tristement. Elle comptait sur moi et je l'ai laissée tomber. »

Malheureusement, j'avais une dernière personne à décevoir.

« Peut-être que Josh ne sera pas à la maison, me pris-je à espérer à la deuxième, puis à la troisième sonnerie. Il est probablement dehors à faire des paniers avec Zach ou à assister à l'une de ses réunions secrètes de magiciens. Il sera plus facile de laisser un message. Ça me donnera le temps de trouver une bonne explication et, à lui, le temps de se calmer. »

Cependant, Josh répondit à la cinquième sonnerie.

— Sabine !

Il paraissait si heureux d'avoir de mes nouvelles que je me sentis encore plus mal à l'aise.

— Hé, dis-je d'une voix faible.

— Alors, comment était ton voyage ?

— O.K… mais un peu plus long que prévu.

Avant de perdre mon courage, je pris une profonde inspiration et j'avouai à Josh que j'étais encore à Pine Peaks. Puis, je me préparai à la catastrophe.

Toutefois, Josh ne cria ni ne raccrocha le combiné. Il me dit plutôt une chose qui me transperça plus nettement et plus profondément que le couteau enfoncé dans le toit de la jeep de Thorn. Et c'est moi qui finis par être en colère — et blessée — car Josh se rendrait à la danse. Sans moi.

Et il y avait pire encore.

Avant de raccrocher, Josh m'annonça qu'il avait recommencé à voir Evan Marshall. Ce dernier, toujours fidèle à son surnom de « en avant Marsh », avait laissé tomber Shelby. Il se rendrait à la danse en compagnie de sa nouvelle petite amie qui fréquentait une école de la région de la Baie. Je ne connaissais pas le nom de cette fille, mais je faillis mourir quand Josh m'apprit qu'elle fréquentait Arcadia High, mon ancienne école.

Si Evan ne connaissait pas déjà mon secret, il l'apprendrait bientôt.

Dans ce cas, il me détruirait.

22

PENDANT QUE DOMINIC NOUS RAMENAIT CHEZ LA
tante et l'oncle de Thorn, je regardais fixement
par la vitre les arbres squelettiques et l'obscurité sans fin. Je repensais au début de ma relation avec Josh. J'avais remarqué ce garçon
depuis mon arrivée à Sheridan, mais je n'avais
jamais eu le courage de lui parler. Puis, il avait

été soudainement en danger et mon sixième sens m'avait prévenue à temps pour lui venir en aide. Il avait été plus que reconnaissant ; en fait, il s'était intéressé à moi. Et, juste comme ça, nous étions devenus un couple.

J'étais vraiment fière qu'un gars si sympathique s'intéresse à moi. Mes amies m'avaient félicitée et dit que j'avais de la chance. Sauf que ce soir, les filles feraient la queue pour danser avec Josh. Le jour où il me quittera, personne ne pensera que je suis chanceuse.

Penny-Love était tellement furieuse qu'elle ne me parlerait plus jamais. Si Evan découvrait et racontait ce qui s'était passé à mon ancienne école, je perdrais mes autres amis. Tous, sauf Manny et Thorn.

— Est-ce que ça va ? me demanda doucement Dominic en tournant le volant.

J'étais assise à côté de lui, pendant que Thorn, installée sur le siège arrière, écoutait de la musique avec des écouteurs.

— Ne te laisse pas effrayer par le message, poursuivit-il.

— Il ne s'agit pas de cela.

— Alors, qu'y a-t-il ?

— Rien, répondis-je en secouant la tête.

— Tu n'as pas reçu de mauvaises nouvelles à propos de Nona, au moins ? s'enquit Dominic.

— Uniquement ce que tu sais déjà. Sans quoi elle va bien.

— Mais pas toi….

Je ne répondis pas et je clos la discussion en me retournant vers la vitre. Dominic ne penserait pas que le fait de manquer une danse soit une si grosse affaire. Il ne semblait pas avoir besoin d'amis ni se faire de souci à propos de ce que les gens pensaient de lui. Je me doutais qu'il n'était probablement jamais allé à une danse organisée par une école. Je n'étais même pas certaine qu'il ait fréquenté une école. Je connaissais un peu son passé : sa mère était décédée et il avait passé des temps difficiles avec un oncle abusif. À part ça, sa vie demeurait un mystère.

Alors que nous approchions de notre sortie, Thorn retira ses écouteurs et prit des arrangements avec Dominic pour lui emprunter la jeep le lendemain matin. Lorsqu'elle lui a demandé où il passerait la nuit, il a répondu qu'il camperait.

— Il n'existe pas de meilleur plafond que le ciel et les étoiles, avait-il ajouté.

Après qu'il nous eut déposées, je dis à Thorn que je ne me sentais pas bien et me rendis directement à ma chambre. Je ne pris pas la peine d'allumer. Avec les stores baissés, il faisait noir dans la pièce comme dans un four. Je me dis que si seulement je pouvais faire le noir aussi facilement sur mes sentiments et ne plus les voir. Cependant, des images de Josh, d'Evan, de Penny-Love, de Nona, de ma mère, de mes sœurs et de camarades de classe hostiles d'Arcadia High continuaient à tourner dans ma tête.

Avais-je un gène fatidique qui éloignait les gens de moi ? Pourquoi ma vie était-elle aussi compliquée ? Je faisais tellement d'effort pour être celle que tout le monde voulait que je sois que je ne savais plus qui j'étais. Si seulement je pouvais être totalement franche. Or, si je confiais à Penny-Love la maladie de Nona et mon lien avec l'Au-delà, voudrait-elle encore être mon amie ? Peut-être. Cependant, il n'y aurait plus rien de normal entre nous.

Et qu'en était-il de Josh ? Il ne s'était pas fâché quand je lui avais annoncé que je ne pouvais être à la danse. S'il m'aimait vraiment, il y aurait eu de la colère ou de la déception dans sa voix. Au lieu de quoi, il m'avait simplement dit d'avoir du plaisir et m'avait annoncé qu'il irait tout de même à la danse ; il avait promis d'aider Zach à l'installation du matériel de la discothèque car son ami serait l'animateur de la soirée. Et Josh ne manquait jamais à sa parole.

J'admirais le sens de l'honneur de Josh. Vraiment. Or, je détestais l'idée qu'il aille à la danse sans moi. Que penseraient mes amis ? Que nous n'étions plus ensemble ? Est-ce que les autres filles en profiteraient pour mettre la patte sur lui ? Si elles lui demandaient de danser avec elles, je sais qu'il serait trop poli pour refuser. Et Evan serait dans les parages pour répandre le poison de sa propre vengeance.

Les yeux rivés au plafond, j'étais submergée par des émotions contradictoires ; insensibilisée et pourtant souffrante, je ne ressentais rien et tout en même temps. J'étais reconnaissante envers mon sixième sens quand il aidait des gens, mais je le haïssais de me rendre si différente des autres. En ce moment, plus que jamais, j'aurais préféré être à la maison et m'occuper à faire des décorations pour la danse.

J'avais tout gâché. La maladie de Nona empirerait si je ne trouvais pas le livre de remèdes, ma mère ne voulait pas de moi à la fête de mes sœurs, Josh allait à la danse sans moi et j'avais laissé choir Penny-Love.

J'avais mal à la tête. Je fermai les yeux et clignai les paupières pour chasser mes larmes.

L'obscurité m'engouffra et je m'évadai dans les rêves…

* * *

— Chloé, tu ne peux pas t'enfuir pour te marier, tu es trop jeune !

— Parle moins fort, Cathy. Et aide-moi à fermer ma valise.

— Tu ne peux pas faire ça, prévint Cathy.

Cependant, Chloé s'assit sur la valise pleine à craquer et la boucla.

— Tes parents vont se lancer à tes trousses, c'est certain, ajouta Cathy.

— Qu'ils essaient ! rétorqua Chloé avec conviction. James et moi serons partis bien avant qu'ils s'aperçoivent de ma disparition. Nous nous marierons et nous irons vivre à Hollywood. James connaît des gens importants là-bas qui peuvent m'aider à devenir actrice. Je vais enfin devenir une star ! Mon nom sera sur les écrans et tout le monde m'admirera.

— Tout le monde t'admire déjà, lui dit Cathy.

— C'est vrai pour les garçons, mais les filles sont trop jalouses de moi. Sauf toi, ce qui est vraiment chou.

Chloé serra Cathy dans ses bras.

— James est chou lui aussi, continua-t-elle, et je suis impatiente de le revoir. Je suis désolée pour Teddy, mais ce sont mes parents qui m'ont poussée à me fiancer. Après mon mariage avec James, ils ne pourront plus me dicter ma ligne de conduite !

— *De toute façon, tu as toujours fait ce que tu voulais*, lui fit remarquer Cathy.

— *Exact, mais eux ne le savent pas*, avoua Chloé avec un petit rire. *Si mes parents avaient le dernier mot, ils m'enfermeraient jusqu'à mes dix-huit ans, puis j'aurais une douzaine d'enfants avec l'ennuyeux Teddy et je pourrirais dans ce bled perdu. Si ce n'était de ma fenêtre qui me permet de sortir secrètement, je n'aurais jamais rencontré James.*

— *Teddy est un bon parti*, lui fit remarquer Cathy. *Es-tu certaine de ne pas vouloir de lui ?*

— *Je l'apprécie comme ami seulement*, répondit Chloé en agitant la main. *Tu peux l'avoir.*

— *Sauf qu'il ne veut pas de moi*, lança Cathy d'un ton rêveur, les yeux voilés. *Tu n'aurais pas dû le mener en bateau. Il sera blessé par ton départ.*

— *Il est le seul à blâmer pour avoir cru que je marierais un tatillon comme lui !* s'exclama Chloé. *Que diable, il n'a pas de cran. Il finira par vendre des meubles comme tous les hommes de sa famille.*

— *Il n'y a rien de mal à vendre des meubles*, riposta Cathy.

— *À part le fait que Teddy souhaite vraiment s'engager dans la marine et qu'il n'aura jamais le courage de tenir tête à son père. Moi, j'ai assez de détermination pour poursuivre mes rêves. James est* mon prince charmant et, moi, je suis la princesse qui attend d'être sauvée depuis longtemps.

— Tu devrais ralentir tes élans et prendre le temps d'en connaître un peu plus sur James. D'où vient-il ? Comment est sa famille ? Tu le connais à peine !

— Je sais qu'il m'aime, trancha Chloé.

— Mais peux-tu lui faire confiance ?

— Je mets mon avenir entre ses mains.

— Tu ne devrais pas… tu ne peux pas ! C'est un menteur.

— Cathy ! Que dis-tu là ?

— La vérité. Je ne voulais pas te faire de chagrin, mais je n'ai pas le choix. Chloé, il y a quelque chose que je dois te dire à propos de James…

* * *

Je me redressai d'un coup sec dans mon lit et je scrutai l'obscurité de la chambre qui me paraissait étrange, ne sachant trop où j'étais ni qui j'étais. La noirceur m'habitait complètement et je luttai pour éviter la panique. Même après que j'eus branché ma veilleuse afin de m'entourer de la lueur d'un ange, mon cœur battait encore à tout rompre. J'avais le sentiment étrange d'avoir parcouru une

grande distance. J'étais de retour à présent…
mais je n'étais pas seule.

Je ne pouvais voir Chloé, mais il me semblait
que nos destins s'entrecroisaient de façon
mystérieuse. Elle me fournissait des indices à
propos de son passé, des indices qu'il m'était
impossible d'ignorer. Même si je quittais Pine
Peaks, elle continuerait à hanter mes rêves.

Elle avait besoin de mon aide et j'avais
besoin de l'aider.

J'espérais seulement que personne ne
serait blessé.

23

JE RELUS LA NOTE QUE JE VENAIS TOUT JUSTE d'écrire :

Thorn,
Je suis partie avec Dominic. Je serai de retour dans
quelques heures.
Je t'expliquerai tout plus tard.

Je fixai mon message et décidai que je devais y ajouter autre chose. J'écris donc : *Ton amie, Sabine*. Puis, je déposai la note sur l'oreiller de Thorn, j'attrapai mon manteau et je sortis de la pièce. Je parcourus le couloir silencieusement, m'arrêtant pour écouter ce qui se passait dans la salle familiale où Thorn regardait un film avec sa tante et son oncle. Puis, je me glissai dehors par la porte arrière.

Quand j'avais appelé Dominic pour lui demander de me conduire à la fête du fantôme, il n'avait pas eu l'air étonné. En fait, c'était moi qui avais été prise de cours quand non seulement il avait accepté de m'y conduire, mais aussi proposé de venir avec moi. Après les avertissements bizarres que Tawnya m'avait servis, je n'étais pas certaine que ce soit une bonne idée, mais je gardai ces pensées pour moi.

En entendant le grondement d'une camionnette au diesel, je dévalai la grande allée pour rejoindre Dominic, qui fit le tour du camion pour m'ouvrir la portière. Il était séduisant dans ses vêtements de cuir et de jean.

— Tu as l'air bien, dit-il en grimpant dans le camion.

Gênée, je drapai mon manteau autour de moi. Je portais mon jean habituel et un t-shirt bleu confortable. Je n'avais même pas pris le temps de me maquiller et de tresser mes cheveux.

— Je n'ai rien fait de particulier.

— Ouais, c'est ce que j'aime, dit Dominic en esquissant un léger sourire.

J'adorais aussi son allure, bien que je ne le dirais jamais tout haut. Ses cheveux épais ondulaient sur ses sourcils foncés et touffus, et son sourire adoucissait ses traits virils. J'avais l'envie irrésistible de m'approcher de lui, de m'appuyer sur ses muscles durs et de découvrir si ses mains calleuses étaient rugueuses ou douces. Il s'agissait là de folles — et déloyales — pensées. J'étais heureuse avec Josh quoique, en ce moment, il dansait probablement avec d'autres filles.

Dominic fit vrombir le moteur et je lui expliquai que je voulais aller au pavillon pour communiquer avec Chloé et l'aider à trouver la paix. J'espérais ne pas avoir tort de mêler Dominic à cette affaire. Je ne croyais pas l'histoire paranoïaque de Tawnya au sujet de Chloé. Les fantômes ne pouvaient pas blesser physiquement les humains. J'étais certaine de ça… enfin presque certaine.

La nuit dernière avait été irréelle mais, ce soir, il s'agissait d'une fête foraine avec kiosques, nourriture, artistes invités et même un groupe qui allait jouer de la musique des années cinquante près du pavillon. De plus, il y aurait des hordes d'admirateurs de Cloé rassemblés pour la dernière nuit de célébration. Un ciel obscur et nuageux laissait présager de la pluie et les rues étaient si bondées que nous dûmes nous garer deux kilomètres plus loin. Quand nous entrâmes dans le parc, une personne costumée en revenant, le visage poudré de blanc et les lèvres noires, me remit une brochure des activités.

— Je ne suis jamais allé à la fête d'un fantôme, m'avoua Dominic en se frottant le menton et en regardant autour de lui. C'est fou, non ?

— Je dirais plutôt étrange.

— Ouais.

Je pointai la brochure décrivant les événements de la soirée.

— Kiosques de maquillage, exposition d'art sur les créatures étranges et les fantômes, lectures de poèmes et d'œuvres de Poe, exposés sur Chloé faits par certains de ses plus proches amis, visite en diapositives du musée Chloé, et Monique, la présidente du club, partagera ses techniques pour repérer les fantômes.

— Trop de gens et trop de bruit à mon goût, dit Dominic, mais Nona adorerait cela.

— C'est vrai, n'est-ce pas ? J'aimerais qu'elle soit ici. Je m'inquiète pour elle.

— Alors, téléphone-lui, me suggéra Dominic. Tu peux utiliser mon cellulaire.

— J'ai fait assez d'appels aujourd'hui.

Je pensai à Josh et à Penny-Love.

— J'appellerai Nona quand nous aurons des nouvelles à propos du livre de remèdes, poursuivis-je. Il est perdu depuis tellement longtemps, j'espère vraiment que nous pourrons le trouver avant que Nona perde… tu sais.

Dominic hocha la tête d'un air sérieux.

— Nous le trouverons, m'assura-t-il.

Je levai les yeux vers lui ; je lui étais reconnaissante pour son soutien et encore davantage parce qu'il s'inquiétait tellement au sujet de ma grand-mère.

— Merci de m'avoir amenée ce soir, dis-je simplement.

— Pourquoi voulais-tu venir ici ? Tu peux parler aux fantômes n'importe quand.

— Pas à Chloé, dis-je avec un rire amer. Elle ne respecte pas les règles du jeu.

Dominic me regarda avec curiosité et je me dis que je lui devais une explication. Alors, je lui racontai les visions de Chloé que j'avais eues dans mes rêves.

— Je ne sais pas ce qu'elle veut et elle pourrait être dangereuse, continuai-je. Tawnya en est convaincue.

— Tawnya ?

— La fille de la boutique.

Je ressentis un vif plaisir à constater que Dominic ne se souvenait même pas du nom de l'adjointe.

— Elle m'a raconté une histoire abracadabrante à propos de Chloé, expliquai-je, qui aurait attaqué l'ancien petit ami de l'adjointe. Elle m'a conseillé de te surveiller de près.

— Ça me semble amusant, dit Dominic en me lançant un regard moqueur.

Mes joues s'enflammèrent et je détournai les yeux vers des gens d'âge moyen qui marchaient main dans la main et qui arboraient un tatouage temporaire identique sur leur visage. Quelque chose comme un grand désir m'envahit soudainement, mais je ne savais pas exactement pourquoi. Mal à l'aise, je tournai le dos à Dominic.

— Je ne crois pas l'histoire de Tawnya, lui annonçai-je. Chloé ne me semble pas dangereuse… elle a l'air simplement désorientée et perdue.

— Alors, tu es venue l'aider. C'est sympa de ta part.

— Ce n'est pas comme si j'avais eu le choix.
Chloé est un fantôme obstiné.

— Malgré tout, tu aurais pu passer ton
chemin. Cependant, tu ne l'as pas fait et j'ai de
l'admiration pour ça.

— Bien…

La façon dont Dominic fixait son regard
sur moi me donnait un peu le vertige.

— C'est ma dernière chance de lui venir en
aide, repris-je.

— Que puis-je faire pour t'aider ?

— Me conduire ici a suffi. Je dois faire le
reste seule.

— Je vais rester dans les parages au cas où
tu aurais besoin de moi, répliqua Dominic
d'un ton sincère.

— Ne t'approche pas trop près de la
falaise.

J'avais voulu faire une blague, mais ni l'un
ni l'autre n'en rit. J'avais la chair de poule.

Pendant que Dominic s'aventurait vers
l'exposition d'art sur les créatures étranges et
les fantômes, je me demandais comment je
pourrais communiquer avec Chloé au milieu
de toute cette cohue. Le lien que j'avais établi
plus tôt avec elle s'était atténué. Alors, je me
dirigeai vers le centre de son énergie, le
pavillon.

Je n'avais fait que quelques pas lorsque j'entendis une personne appeler mon nom. En me retournant, j'eus la surprise de voir Cathy qui se dirigeait rapidement vers moi. Après avoir rêvé d'elle et de Chloé la nuit dernière, j'étais déconcertée de la voir maintenant qu'elle était rendue vieille. Jeune fille, ses riches mèches auburn étaient retroussées vers le haut. Elle arborait une chevelure très différente de celle d'aujourd'hui, qui est clairsemée, ébouriffée et couleur de barbe à papa. Elle me semblait à présent beaucoup plus petite qu'à l'époque. On aurait dit une ombre fanée de la robuste fille qui était restée aux côtés de Chloé avec loyauté.

— Tu ne portes pas un t-shirt de Chloé ? me demanda Cathy avec un malicieux sourire qui me laissa entrevoir la jeune fille qu'elle avait été.

— Vous non plus.

Je pointai le chandail et le pantalon tout-aller de Cathy.

— Chloé ne s'en formalisera pas, me fit remarquer la vieille dame en riant. Elle adorerait tout ce battage en son honneur. Elle avait la grande ambition de devenir une vedette. Ce n'est toutefois pas de cette façon que ses rêves auraient dû se réaliser.

J'acquiesçai amicalement, puis je baissai les yeux vers la brochure.

— Êtes-vous l'une des amies qui doivent parler d'elle ?

— Oui, et je suis très nerveuse à l'idée de parler en public. Je n'arrive pas à croire que je me suis laissé convaincre par Monique. Je remercie le ciel que Teddy soit venu avec moi pour me soutenir le moral.

— Il est ici ?

Je jetai un coup d'œil aux alentours, mais ne vis aucun signe de l'ancien fiancé de Chloé.

— Il est allé nous chercher des boissons gazeuses, m'expliqua Cathy. J'ai été étonnée qu'il décide de se joindre à moi. Habituellement, il évite cette célébration comme la peste.

— Ferez-vous allusion à lui dans votre exposé ?

— Grands dieux, non ! s'exclama la vieille dame en secouant la tête énergiquement. C'est un homme très secret et jamais je ne voudrais l'embarrasser. Je vais parler de choses amusantes que Chloé et moi faisions ensemble.

— Croyez-vous que vous verrez son fantôme ? lui demandai-je.

— Non, même si j'adorerais cela, me répondit Cathy en laissant aller un long soupir.

J'ai assisté à toutes les célébrations, mais je n'ai jamais aperçu la moindre lueur fantomatique. Ça me fait de la peine que Chloé se montre à d'autres, mais pas à moi, qui était sa meilleure amie. Peut-être m'en veut-elle…

Dans mon rêve, Cathy avait commencé à dire quelque chose de mal à Chloé au sujet de James.

Mon pouls s'accéléra.

— Vous en vouloir pour quelle raison ?

— Oh ! pour rien, fit simplement Cathy en détournant le regard durant un instant. Je disais des bêtises.

— Non, ce n'est pas vrai. Vous vous sentez coupable.

La vision d'une jeune Cathy faisant tournoyer un hula-hoop doré se présenta à mon esprit. Elle le faisait tourner sur son bras jusqu'à ce qu'il devienne de plus en plus petit, jusqu'à ce qu'il se dandine tel un anneau doré autour de son annulaire.

— Je n'ai aucune raison de me sentir coupable, protesta Cathy.

— Et la bague ?

Le sang se retira de son visage.

— C'est impossible que tu saches ! s'exclama la vieille dame. Je n'en ai parlé qu'à deux personnes, une à qui je confierais ma vie et l'autre est décédée.

— Vous avez parlé à Chloé de James et de la bague, affirmai-je avec le même sentiment de certitude que j'avais quand le téléphone sonnait et que je savais qui était au bout du fil.

Cathy baissa la voix et regarda nerveusement autour d'elle.

— J'ai découvert cet homme par hasard, expliqua-t-elle. Je me dépêchais de me rendre à un rendez-vous et je me suis cognée contre lui.

— James ? demandai-je.

— Oui. Sur le coup, je ne l'ai pas reconnu. Je ne l'avais vu que peu de fois, mais il était différent des garçons du coin avec ses cheveux blonds ondulés et ses vêtements tape à l'œil. Je marchais sur le trottoir quand bang ! Il m'a heurtée et nous avons trébuché tous les deux. J'ai entendu un tintement et j'ai vu un anneau en or tomber de sa poche.

— Une bague de fiançailles pour Chloé ?

— Tu as raison en partie. C'était une bague de mariage, mais pas pour Chloé.

Cathy avaient les yeux remplis de colère.

— Quand James a rattrapé la bague, j'ai vu la bande de peau plus pâle autour de son annulaire, là où les hommes portent habituellement leur anneau de mariage.

— *Sa bague* ? hoquetai-je. Ça signifierait que James était…

— Un homme marié, dit Cathy en hochant solennellement la tête. Je ne voulais pas en parler à Chloé, mais je devais l'empêcher de faire une erreur monumentale, ce qui n'a fait qu'empirer les choses. Elle était folle furieuse. Je n'aurais jamais pensé qu'elle rencontrerait tout de même James ce soir-là. Je ne sais pas ce qui s'est passé, à part le fait qu'elle est décédée ce jour-là.

Son attitude légèrement défensive souleva un doute dans mon esprit.

— Êtes-vous certaine qu'il n'y a pas autre chose ? demandai-je. Personne n'a plus jamais eu de nouvelles de James.

— Il a probablement eu peur d'être rendu responsable de la mort de Chloé et il s'est enfui.

— À moins que quelque chose ne lui soit arrivé.

— Ridicule ! Il est probablement mort à présent. Sinon, il mérite de l'être.

Le ton froid de Cathy me fit frissonner. James avait-il aimé Chloé ou l'avait-il tuée ? Et qu'était-il devenu ?

Je portai un regard pénétrant sur Cathy.

— Vous avez dit avoir parlé de la bague à une autre personne.

— Eh bien, oui. Ce fut un tel choc que j'avais besoin d'en parler. Alors, je me suis confiée à quelqu'un en qui j'avais confiance.

— Qui ?

Cathy garda le silence un instant.

— Teddy, finit-elle par dire.

24

APRÈS LE DÉPART DE CATHY, JE M'ASSIS SUR UN banc pour réfléchir à ce que j'avais découvert.

Tous ceux qui connaissaient Chloé en faisaient une description différente. Quelle version était la bonne ? Chloé était-elle une douce jeune fille aimant s'amuser ou était-elle égoïste et calculatrice ? Il était plus difficile de savoir que de croire. La loyauté de Cathy était atténuée par la culpabilité. Le dévouement de Teddy pouvait cacher de sombres secrets. Monique, la présidente du club, donnait l'impression que Chloé était aussi pure qu'une sainte. Et un homme qui n'avait jamais rencontré Chloé avait créé un musée en son honneur. Les gens étaient étranges. Il n'était pas étonnant que Dominic préférait la compagnie des animaux.

Dominic apparut brusquement à mes côtés, comme si le seul fait de penser à lui avait été suffisant pour qu'il en soit ainsi. Il entourait de ses bras un petit lapin à la queue duveteuse.

— Où l'as-tu déniché ? lui demandai-je alors qu'il s'assoyait à mes côtés.

— C'est une petite lapine, dit-il. Elle se cachait sous le manège du sorcier.

— Pauvre petite créature, dis-je en tendant la main pour caresser la douce fourrure de l'animal.

— Elle ira bien quand je l'aurai reconduite chez elle. Sa famille est derrière cette clôture, dans ces arbres.

— C'est elle qui te l'a dit ou tu l'as deviné ?

— Je ne devine jamais.

Dominic sourit, puis m'invita à marcher avec lui. Il tenait la lapine près de sa poitrine et murmura quelques mots à son intention.

L'animal émit un léger son de contentement, comme si la proximité de Dominic lui apportait le plus grand confort du monde.

Le garçon se dirigea directement vers une section de la clôture, où un petit trou était dissimulé par des bosquets touffus. Il s'agenouilla et aida la petite bête à passer à travers l'ouverture. Lorsqu'elle bondit loin de nous, je l'imaginai réunie avec une famille aimante — à présent retrouvée. C'est aussi ce que je voulais pour Chloé.

Dominic se releva et se tourna vers moi.

— À quoi penses-tu ? me demanda-t-il.

— À Chloé.

— As-tu vu la trace de son fantôme ?

— Non, répondis-je pendant que nous nous dirigions vers les kiosques et la bruyante foule. Je n'ai même pas senti qu'il était là. Sa présence sera probablement plus intense près du pavillon.

— Si Chloé se montre, que feras-tu ?

— Je vais essayer de la convaincre de passer dans l'Au-delà, ce qui ne sera pas facile car elle croit que James viendra la chercher.

— Il est un peu en retard, dit Dominic avec cynisme.

— Peut-être pour une bonne raison, par exemple le fait qu'il soit décédé. Je commence à soupçonner qu'une personne s'est assurée qu'il ne rencontre pas Chloé ce soir-là.

— Peux-tu utiliser tes pouvoirs pour le découvrir ?

— Je n'ai pas de réels pouvoirs. Par contre, si ma guide spirituelle était ici, je pourrais lui poser la question.

J'avalai ma salive avec difficulté, me rappelant comment j'avais dit à Opal de me ficher la paix... et elle avait obéi.

— Tu crois vraiment que quelqu'un a tué James ? s'enquit Dominic.

— C'est louche que personne ne l'ait vu après la mort de Chloé.

— Un suspect ?

— Oui. Le fiancé de Chloé.

Dominic émit un long sifflement.

— Elle avait un fiancé et un petit ami ? s'étonna-t-il. C'est chercher les ennuis.

— Et elle les a trouvés.

Une bourrasque fit virevolter les feuilles, et l'air se chargea d'électricité. Je devins tendue et regardai autour en m'attentant à ce qu'il se passe quelque chose.

Dominic me toucha légèrement le bras.

— Qu'y a-t-il ?

— Je ne suis pas sûre... je sens quelque chose.

J'observai les environs, mais je ne vis que des gens ordinaires qui s'amusaient à la foire. Il n'y avait aucun visiteur de l'autre monde. Pourtant, j'avais la chair de poule et je sentais une tempête d'énergie se former autour de moi.

Le bruit qui m'entourait diminua jusqu'à devenir un son diffus, et tout ce qui était alentour de moi devint plus clair et resplendissant de couleurs étourdissantes. L'aura de Dominic s'enflamma d'un rouge clair et d'un orange vif, et quelque chose en moi s'enflamma également. Je pensai à Josh qui était sûrement entouré de filles à la danse et je ressentis une grande nostalgie. Je ne voulais plus être seule à attendre sur les lignes de côté.

Un groupe des années cinquante, installé sur la scène du pavillon, jouait une chanson enjouée et, un court instant, j'eus une vision éblouissante de filles en jupes à mi-mollet et de garçons aux cheveux courts. Les yeux bleus de Dominic devinrent plus foncés et son visage découpé et viril s'adoucit, ce qui me rappela James, le James avec qui j'avais dansé dans un rêve.

— La musique est si belle, murmurai-je.
— Connais-tu la chanson ?
— *Danse toujours mon amour.*

— J'aime ça, fit Dominic.

— Tu le devrais. C'est notre chanson.

— Depuis quand avons-nous une chanson ?
Dominic semblait amusé.

— Sabine, est-ce que ça va ? me demanda-
t-il.

— Mieux que jamais.

Une envie sauvage de me joindre aux danseurs s'empara de moi. Rien ne semblait avoir
d'importance ; c'était comme un rêve éveillé et
je pouvais à peine me rappeler mon nom. Il
m'avait appelé Sabine, mais ce n'était pas mon
nom.

— Pourquoi est-ce qu'on reste debout ici ?
ajoutai-je.

J'attrapai Dominic par la main, une main
un peu plus rude que je m'y attendais.

— Dansons ! m'exclamai-je.

— *Tu* veux danser avec *moi* ? me demanda
Dominic d'un ton surpris.

— Je ne peux vraiment pas danser seule.
Viens.

— Eh bien, si tu en es sûre.

— J'en suis sûre, dis-je avec une confiance
qui m'étonna.

C'était comme si le pavillon était une scène
et que nous nous apprêtions à endosser nos
rôles habituels. Alors que Dominic enroula ses

doigts autour des miens et qu'il m'attira à lui, la partie rationnelle de mon cerveau s'écria : « Que fais-tu là ? » Cependant, une autre partie fit taire les questions et je me laissai emporter par la musique.

Il y avait d'autres couples dans le pavillon, mais j'étais à peine consciente de leur présence. Sous les lumières dorées qui nous illuminaient, douces comme le soleil, je m'appuyai contre mon partenaire de danse et me laissai flotter. Oscillant en parfaite harmonie, nous dansâmes comme si nous l'avions fait des centaines de fois auparavant. J'étais heureuse.

— Tu es bon danseur, murmurai-je rêveusement.

— Toi aussi, tu danses bien.

— Je vis pour la danse.

— Ah oui ? demanda Dominic. Je ne savais pas ça.

— À présent, tu le sais.

Une mèche de mes cheveux retomba sur mes yeux et j'en fixai la pâle couleur, ce qui me troubla. Elle devrait être plus foncée, d'une riche teinte couleur caramel. Et pourquoi est-ce que je portais un jean à une danse publique ? Mes parents seraient choqués.

— Tu es différente ce soir, me fit remarquer Dominic.

— Différente de façon positive, j'espère.

Je lançai un regard moqueur à Dominic.

— C'est mon objectif numéro deux dans la vie de m'assurer que les gens ne savent pas à quoi s'en tenir, poursuivis-je.

— Et quel est le premier ?

— D'atteindre de hauts sommets. Je serai célèbre.

— Célèbre ? répéta Dominic en penchant la tête légèrement, l'air intrigué. Depuis quand cela a-t-il de l'importance pour toi ?

— Depuis toujours ! Mes rêves sont plus grands qu'un millier de pavillons.

— J'espère qu'ils se réaliseront, me souhaita Dominic.

— Ce n'est que le début, fis-je simplement.

Je sentis mon cœur se gonfler dans ma poitrine lorsque je rencontrai le regard du garçon.

— Trouver la personne parfaite pour partager ses rêves est une chose importante, poursuivis-je. Personne ne m'a jamais prise au sérieux auparavant, mais tout ça changera bientôt. Tout sera merveilleux quand tu m'amèneras loin d'ici.

— Tu veux déjà partir ?

— Je ne parle pas de la danse, idiot.

Je ressentis de l'impatience et un désir puissant envahit mon âme. Pourquoi Dominic me regardait-il de façon si bizarre ?

— Je veux voir du monde, ne pas être enchaînée à Teddy…

— Teddy ? demanda Dominic en fronçant les sourcils. Qui est-ce ?

Sa question me troubla et mon monde chavira comme si je glissais sur une crête escarpée.

Les danseurs virevoltaient autour de nous comme dans un brouillard, tournoyant toujours plus vite. Je tentai de me rappeler ce que je faisais ici. Toutefois, ma mémoire semblait confuse et mon esprit vagabondait pendant que l'orchestre jouait une mélodie. Il n'y avait aucune inquiétude ni règle à respecter sur le plancher de danse. Il n'y avait que la musique.

— J'aimerais que la chanson ne s'arrête jamais, murmurai-je en prenant plaisir au doux confort de ma joue appuyée sur l'épaule de mon partenaire.

— Tout a une fin, tôt ou tard.

— Pas en ce qui nous concerne. Ce n'est que le début.

— Est-ce que ça va, Sabine ?

— Tu te moques de moi, encore une fois. Tu sais très bien que ce n'est pas mon nom.

— Ah oui ? fit Dominic en me contemplant d'une manière étrange.

— Ne dis plus rien, à présent, lui ordonnai-je. Je m'agrippai à lui, et restai dans mes rêves.

— Contente-toi de danser, murmurai-je en désespoir de cause.

Dominic hocha la tête sans souffler un mot.

Nous nous éloignâmes des autres danseurs, vers un coin tranquille du pavillon. Mes peurs s'évanouirent pour laisser place à un sentiment de joie. Tout irait bien. J'étais jeune, talentueuse et forte. Je pouvais tout faire, me rendre n'importe où et tout réussir ; personne ne pourrait m'en empêcher.

Le tonnerre gronda tout autour, mais nous étions en sécurité sous le toit du pavillon, où les danseurs voltigeaient et où vibraient les voix remplies de rires. Mon cœur aussi vibrait. Et lorsque je levai les yeux vers le visage le plus séduisant au monde, je sus que cet homme était le mien. J'avais l'impression que le prince charmant des contes de fées venait à mon secours.

— James, mon amour, dis-je doucement en enroulant mes bras autour de son cou.

Il secoua la tête sans toutefois s'écarter. Ses yeux brillaient de mille feux, plus bleu ciel que bleu nuit. Et ses cheveux blonds semblaient plus foncés qu'à l'habitude.

Alors que nous étions seuls dans notre univers, un éclair zébra la nuit. Mon partenaire me couvait d'un regard brûlant, intense et ardent. Mon souffle s'accéléra, la chaleur envahissant mon corps. J'entrouvris les lèvres et levai le menton. Il hésita à peine un instant, puis il déposa ses lèvres avidement sur les miennes. Les mains qui m'attiraient vers lui étaient étrangement rudes, et pourtant étonnamment tendres. Nos cœurs battaient à un rythme fou et je goûtai à ses lèvres salées pleines de désir.

La pluie tombait à l'extérieur du pavillon.

Et nous nous embrassions.

25

Je flottais dans un rêve merveilleux : une personne m'aimait et je lui rendais cet amour. Il y avait de la musique, du bonheur, et aucun problème ne viendrait assombrir l'avenir. J'avais fortement envie de vivre ce moment pour l'éternité. De très loin, j'entendis une voix appeler.

Sabine… Sabine…

« Encore ce nom ! » pensai-je avec irritation. L'énergie déferla, puis se retira. Un éclair de lucidité traversa mon esprit, et je revins à la réalité. C'était comme s'éveiller d'un rêve brusquement. Je clignai des yeux rapidement, la panique montant en moi. Que venait-il de se passer ? Pourquoi étais-je en train d'embrasser Dominic ?

Je reculai de quelques pas et je fixai le garçon, qui était sous le coup de l'émotion. L'air dérouté, il tendit la main vers moi, mais je reculai davantage.

— Quelque chose ne va pas ? s'enquit-il.

— Tout ! hoquetai-je. Comment as-tu pu ? Je n'arrive pas à croire que je viens juste… que nous nous sommes…

— Embrassés ? fit Dominic en souriant.

— Oh, mon Dieu ! m'exclamai-je.

— Est-ce un compliment ou une plainte ?

— Tu ne comprends pas, ce n'était pas moi ! C'était… ELLE !

Dominic plissa le front, l'air un peu désorienté lui aussi. Je voulais lui expliquer, mais je n'arrivais qu'à postillonner et à secouer la tête pour nier. Comment pouvais-je rendre un fantôme responsable de ce qui venait de se passer ? C'était de la folie — même pour moi !

Je pivotai et m'enfuis en courant. J'étais à peine consciente de la pluie quand je sautai en bas du plancher du pavillon ; je ressentais surtout de la honte et de l'embarras. Je devais partir d'ici.

« Ce n'était pas ma faute », essayai-je de me rassurer en m'écartant d'un groupe d'enfants qui agitaient des ballons. C'était Chloé. Elle adorait danser, pas moi. Tous ces désirs romantiques étaient les siens, non les miens. Elle avait commencé à embrasser James, et moi j'avais achevé le baiser avec Dominic. Et, Dieu me pardonne, j'en avais éprouvé du plaisir.

— Sabine, attends !

Tout en ignorant Dominic, je courus plus vite et dépassai les kiosques à toute vitesse, ne ralentissant qu'une fois pour éviter un vieil homme costumé en revenant. Puis, je passai les grilles et sortis du parc au pas de course. Serrant mon manteau pour me protéger de la pluie, je ne pensais pas à une destination précise. Tout ce que je voulais, c'était m'éloigner de là.

Il m'était toutefois impossible de distancer ma honte. Encore et encore, je revoyais le baiser. Il n'était pas doux et amical comme mes baisers avec Josh, mais sauvages et puissants. Je ne savais pas que de tels baisers existaient.

« Oh, Josh ! Je suis si désolée », pensai-je avec culpabilité. Je m'étais fait du souci en pensant qu'il pourrait me tromper avec d'autres filles et, en fin de compte, c'était moi la traîtresse. Comment pourrais-je lui expliquer ? Josh ne croirait jamais que j'avais été possédée par un fantôme. C'était pourtant la vérité ; c'était Chloé. Non contente d'envahir mes rêves, elle avait pris possession de mon corps. Malgré cela, j'avais été présente, moi aussi, et partagé des émotions violentes en y prenant plaisir…

Je courus plus vite, je dépassai le cimetière et j'arrivai dans la partie centrale de la ville. Je reconnus des boutiques et me dépêchai pour échapper à la pluie. Était-ce seulement cet après-midi où j'avais été ici avec Thorn et Dominic ? J'avais l'impression que c'était dans une autre vie. Est-ce que j'arriverais à parler de nouveau à Dominic après cela ? Que pensait-il de moi ? Avait-il été possédé par un fantôme, lui aussi ?

J'étais à bout de souffle et mon manteau était trempé. Secouant mes cheveux mouillés, je me réfugiai sous l'auvent du salon de coiffure pour hommes et m'assis sur un banc. M'entourant de mes bras, j'essayai d'empêcher mon corps de trembler.

Je ne sais pas combien de temps je suis restée assise là. Ce ne fut peut-être que quelques minutes, mais j'eus l'impression qu'il s'agissait de décennies. Quand mon cœur ralentit et que je me sentis presque de retour à la normale, je dus admettre que la fuite n'était pas une solution. Je devais parler à Dominic. Il avait été envoûté par Chloé, lui aussi, sinon il ne m'aurait jamais embrassée. Il devrait donc faire montre de compréhension. Il était probablement aussi gêné que moi et il serait heureux d'oublier ce qui s'était passé.

Résolue, je me levai du banc.

Alors que je descendais du trottoir pour traverser la rue, la tempête s'abattit de plein fouet et la pluie tomba avec tant de force que je dus courir pour chercher un abri. Lorsque je levai les yeux, je m'aperçus que j'étais sur le seuil du musée Chloé. Il me sembla que c'était davantage qu'une coïncidence.

Je ne m'étonnai pas quand je découvris que la porte n'était pas verrouillée. Le son de la pluie s'estompa quand j'entrai dans l'édifice. L'air lourd avait une légère odeur de vanille. C'était ma chance de découvrir quels secrets se cachaient derrière la porte au cœur rouge.

L'eau dégoutta de mes cheveux et de mes vêtements pendant que j'avançai avec précaution dans le musée. Je frissonnai un peu, plus de peur face à l'inconnu que de froid. Quand j'atteignis la porte interdite au cœur rouge vif, la poignée tourna facilement, comme si on m'invitait à entrer à l'intérieur.

Mes yeux s'ajustèrent à la pénombre et je constatai que la pièce n'était pas beaucoup plus grande qu'un placard. Elle était bordée de comptoirs vitrés et des coupures de journaux encadrées étaient accrochées au mur. Je trouvai un interrupteur et j'allumai. Plutôt que de voir la pièce inondée de lumière, j'entendis une musique répétitive s'échapper de haut-parleurs dissimulés. C'était la même mélodie que j'avais entendue dans mes rêves.

La chanson de Chloé.

Je m'efforçai de lire les coupures de journaux jaunies par le temps. Les gros titres disaient : « Chute tragique d'une fille de notre ville », « Danser mène à la mort » et « On recherche toujours un jeune homme disparu ». C'était la première preuve faisant allusion à l'implication de James dans la mort de Chloé. Je parcourus l'article, mais il y avait peu d'information au sujet du type. Personne ne connaissait son nom de famille ni d'où il venait. Je découvris cependant de nouveaux détails sur la mort de Chloé. La pauvre avait senti la terre imbibée de pluie sur le bord de la falaise glisser sous ses pieds et elle avait basculé dans un profond canyon. Ce n'était pas la chute qui l'avait tuée, mais une branche pointue d'un arbre mort. Elle était littéralement morte d'un cœur brisé.

Il y avait aussi des photos. Des frissons glacés m'envahirent la peau lorsque je regardai une fille souriante portant une large jupe qui tournoyait pendant qu'elle dansait au cours de la dernière journée de sa vie. Et là, en arrière-plan, se tenait un jeune homme séduisant aux cheveux dorés. Son sourire laissait entrevoir sa satisfaction et ses yeux sombres étaient audacieux et confiants.

James. C'était comme si je le connaissais intimement — la façon dont les mots glissaient facilement à travers ses douces lèvres, son contact chaud et avide et son rire facile pour les blagues, surtout pour les siennes.

Mes joues s'enflammèrent et je reportai rapidement mon attention sur les comptoirs vitrés. Ces derniers étaient remplis d'étranges objets : de petits lambeaux de vêtements, des perles éparpillées, un morceau de nylon, une brosse à cheveux et une bague à laquelle il manquait une pierre — le genre de choses que l'on trouve dans les poubelles des gens, non dans un comptoir vitré.

Une force invisible m'attira vers un présentoir en verre à demi caché dans un coin. Quand j'aperçus l'objet à l'intérieur, je réfrénai un sursaut d'horreur. C'était une branche pointue, tordue et assombrie par des taches bizarres. Et je compris pourquoi cette pièce était interdite.

Au lieu de célébrer la vie de Chloé, la pièce mettait en vedette sa mort. On pouvait y voir des bijoux cassés, des vêtements en loques, des taches de sang et une branche de l'arbre qui lui avait pris la vie.

Or, pourquoi Kasper, un homme qui n'avait jamais connu Chloé, rassemblerait-il une collection si écœurante ? Était-il un genre de pervers ? Ou bien existait-il une autre raison, plus maléfique ?

Puis, je compris.

Je me retournai vers la photo de Chloé et de James. Je la regardai en scrutant les visages. Sans les cheveux dorés et en ajoutant des rides et environ vingt kilos, la ressemblance devenait évidente... et choquante.

À présent, les événements se présentaient dans toute leur logique : le fantôme de Chloé avait commencé à se matérialiser il y a neuf ans, à peu près l'année où Kasper avait emménagé en ville, et il revenait chaque année ; l'étrange obsession qu'avait Kasper pour une fille morte cinquante ans auparavant ; l'insistance de Chloé pour dire que James était toujours là… et il y était.

Cependant, il avait changé son nom pour celui de Kasper.

26

J'ÉTAIS TELLEMENT ABASOURDIE QUE JE NE ME SUIS pas rendu compte qu'une personne s'était faufilée derrière moi, du moins jusqu'à ce qu'une forte main agrippe mon épaule pour me faire pivoter.

— À quoi joues-tu ici ? Je t'ai dit de ne pas t'approcher de ce lieu !

Le visage bouffi de Kasper exprimait une rage brûlante.

— James ! m'exclamai-je, avant de plaquer ma main contre ma bouche.

— Qu'as-tu... TOI ! s'écria-t-il en me fixant avec une haine féroce. Tu as beaucoup trop fureté dans le coin.

Je reculai contre le mur, encore assommée par ma découverte. Maintenant que j'observais James de près, c'était évident. Sa beauté s'était évanouie, mais son attitude insolente était encore gravée dans les rides profondes au pourtour de sa bouche et sur son front.

— Tu aurais dû partir quand je t'ai prévenue, lança Kasper d'un ton dur.

— Vous ! C'est vous qui avez laissé la note et fait l'appel téléphonique ! Mais comment saviez-vous à propos de ma grand-mère ?

— Tu as utilisé ta carte de crédit dans ma boutique. Je n'ai eu qu'à faire une rapide enquête de crédit pour en savoir davantage à ton sujet.

— Mais pourquoi moi ? Je ne vous ai jamais rien fait.

— Pas à moi ! à Chloé. Je devais t'empêcher de l'envoyer ailleurs. J'ai déjà eu affaire à des gens dans ton genre.

— Mon genre ?

— J'ai assez observé d'illuminés dans ma vie pour en reconnaître un quand je le vois. Tu n'es pas la première voyante à venir ici. Je me suis débarrassé des autres et je vais en faire autant avec toi.

— Que voulez-vous dire ? criai-je, pressée contre le mur à un point tel que je pouvais sentir le parement de bois rugueux s'enfoncer dans mon épaule.

— J'ai eu ma dose de voyants fouineurs qui prétendent voir des fantômes et en savoir davantage que moi sur Chloé. Le fait que je ne puisse voir son fantôme n'a aucune impor-tance. Je sais qu'elle est ici tous les mois d'octobre lorsque d'autres personnes la voient. Elle est mon fantôme et personne ne l'enverra dans un autre monde. J'ai une affaire qui mar-che ici avec mon musée et mes livres. Tu ne vas pas détruire ça.

James m'attrapa sauvagement par le bras et me propulsa hors de la pièce. Il était éton-namment fort pour un vieil homme. Je me débattais en vain. Il ferma la porte au cœur rouge d'un coup de pied et me poussa jus-qu'au bout du couloir. Je pouvais à peine respi-rer. Mon cerveau bouillonnait, assimilant cette nouvelle situation horrifiante. Je donnai des coups de pied et frappai de la chair molle.

James grogna de douleur, mais il ne relâcha pas prise. En rugissant de fureur, il tira mon bras derrière mon dos avec tant de force que je hurlai.

— Ferme-la, glapit-il.

— Ça fait mal ! Lâchez-moi !

Des points de lumière dansèrent sous mes yeux dans l'obscurité.

James me poussa vers l'avant.

Je trébuchai et je serais tombée s'il ne m'avait pas remise brusquement sur mes pieds. J'avais l'impression que mes bras se cassaient et des larmes me brûlaient les yeux. Plus je m'agitais, plus la douleur était aiguë. Je me demandais où le malheureux m'amenait et j'étais terrifiée à l'idée de le découvrir. Allait-il me tuer... ou pire ?

Il s'arrêta devant une porte, l'ouvrit brusquement et m'envoya valser dans la pièce.

— Là-dedans.

Mes bras battirent l'air et je trébuchai ; en me cognant, je dévalai un escalier et j'atterris douloureusement sur le sol dur. Du haut de l'escalier, une porte claqua et un verrou se tira.

Après avoir difficilement remonté l'escalier en tâtonnant, je trouvai la porte et secouai la poignée. Je l'agitai, la tirai et je criai pour qu'on me laisse sortir jusqu'à ce que ma voix devienne rauque. En fin de compte, j'abandonnai et me laissai choir lourdement sur la première marche.

J'étais emprisonnée.

Un jour, il m'était arrivé d'être prise au piège dans une pièce à l'école et, même si ça avait été effrayant, je savais qu'on me libérerait sous peu. À présent, je n'étais sûre de rien, sauf de ma peur.

Tremblante, j'appelai en esprit : « Opal, j'ai besoin de toi. »

J'écoutai et je patientai dans l'espoir d'entendre la voix réconfortante de ma guide spirituelle.

« S'il te plaît, Opal, j'ai besoin de ton aide. »

Je n'obtins aucune réponse. Je me sentis abandonnée. Comment Opal pouvait-elle me laisser tomber au moment où j'avais le plus besoin d'elle ?

Je pensai alors à tous les gens que j'avais déçus dernièrement : Penny-Love, Josh, Thorn, mes sœurs. De plus, je n'avais pas réussi à aider Nona. Je n'avais pas l'intention de faire de mal à qui que ce soit, et pourtant c'est ce que j'avais fait. Et maintenant que j'avais besoin d'aide à mon tour, il n'y avait personne. Mes actions revenaient fermer la boucle. Nona aurait dit que c'était le karma.

Alors que j'étais recroquevillée sur la marche supérieure de l'escalier, le temps s'écoulait doucement dans un genre de brouillard engourdissant. Après un moment, mes yeux s'ajustèrent et je distinguai de volumineuses formes : des boîtes empilées, une bicyclette brisée, une chaise sans pattes, un fauteuil de travers, un matelas éventré, une table de ping-pong pliée et même un juke-box.

Je devinai que j'étais dans le sous-sol du musée.

Quelles étaient les intentions de Kasper à mon égard ? J'aurais dû me débattre plus fortement et m'enfuir quand j'en avais la chance. Or, Kasper semblait tellement vieux et inoffensif ; on aurait dit un père Noël idiot. Il n'y avait cependant rien de jovial à conserver d'effroyables souvenirs de la mort de Chloé. Le vieillard les avait-il achetés ou les avait-il dérobés dans l'entrepôt des pièces à conviction du service de police ? Cet homme était complètement tordu.

Je repensai à notre première rencontre au musée. En sortant, je lui avais dit que le téléphone sonnerait *sous peu*. À ce moment-là, il me semblait que c'était un tour sans malice. Je comprenais à présent que je m'étais trahie. Kasper m'avait vue la veille au parc en train de

parler à Chloé et il avait dû ouvrir les lampa-
daires du pavillon. Il devait être anxieux de se
débarrasser de moi avant que j'en fasse autant
avec Chloé. Il avait fait ce faux appel téléphonique m'annonçant que ma grand-mère était à
l'hôpital. Quand son manège avait échoué, il
avait probablement aperçu la jeep rouler dans
le coin et il nous avait suivis à Peaceful Pines
pour laisser un message d'avertissement.

Tout cela semblait d'une logique à faire
peur. Qu'arriverait-il quand Kasper revien-
drait ? Il ne pouvait pas me laisser partir, plus
maintenant.

« Je dois déguerpir d'ici avant qu'il soit de
retour », pensai-je.

Je sautai sur mes pieds et frappai avec
force contre la porte. Cette dernière était
cependant verrouillée et sa solide construction
nécessiterait l'utilisation d'un objet lourd pour
être transpercée. De plus, le verrou n'était pas
l'un de ces vieux modèles que l'on peut facilement crocheter. Il était en laiton brillant, à la
fine pointe de la technologie, et sans aucun
doute fermé à double tour. La seule façon de
l'ouvrir était d'être de l'autre côté et d'avoir la
clé. Enfin, les seules fenêtres de l'endroit
étaient trop hautes et trop petites pour être
utiles.

Malgré tout, je ne pouvais simplement pas baisser les bras. J'explorai donc la pièce, cherchant n'importe quoi qui pourrait m'aider à m'évader. Je déplaçai des boîtes, scrutai les coins sombres et rampai derrière les gros meubles. Toutefois, je ne trouvai que des toiles d'araignée et de solides murs en brique. Après avoir une nouvelle fois cogné mon genou endolori, je me laissai tomber au sol, vaincue.

La situation était sans espoir.

Je jetai un coup d'œil à ma montre ; il était 23 h 20. J'étais ici depuis près d'une heure. Que se passait-il à la célébration ? Cathy avait-elle prononcé son allocution ? L'invitée d'honneur s'était-elle montrée ? Kasper observait-il les événements avec délice et satisfaction ? Et Dominic ? Avait-il renoncé à me retrouver pour retourner à son campement ?

Je fermai les yeux et concentrai mon attention sur Opal. Elle était censée me protéger ; alors, où était-elle ? J'avais envie d'entendre sa voix rassurante plus que toute autre chose. Elle ne pouvait pas me laisser pourrir ici, à moins que je sois vouée à connaître le même sort que Chloé. Était-ce mon destin de mourir jeune ?

Frissonnante, je drapai mes bras autour de mes épaules. Un courant d'air tournoya autour de mes chevilles, et je sentis qu'il y avait quelque chose de différent.

J'ouvris les yeux et je vis un globe argenté incandescent flotter dans les airs, s'élevant haut au-dessus de ma tête.

— Qui es-tu ? murmurai-je. Opal ?

La lumière brilla plus intensément, grandit et s'élargit. Elle miroita et prit la forme floue d'une jeune fille avec des cheveux ondulants couleur caramel et portant une large jupe de coton.

Chloé était revenue.

27

— Je n'ai jamais été aussi contente de voir un fantôme ! m'exclamai-je.

Chloé esquissa un sourire vague. Sa silhouette était translucide et difficile à distinguer, car la jeune fille avait moins d'énergie maintenant qu'elle s'était éloignée du pavillon. Je n'étais pas certaine de pouvoir lui faire confiance, car elle avait pris possession de mon corps peu de temps auparavant. Je devinai toutefois qu'elle était de mon côté et qu'elle souhaitait se rendre utile.

— Sors-moi d'ici ! lui dis-je nerveusement.

Elle leva la main et pointa vers un coin sombre et poussiéreux du sous-sol, où il y avait des boîtes empilées quasi jusqu'au plafond.

— Que veux-tu me dire ? Veux-tu que je regarde dans les boîtes ?

Chloé secoua la tête tout en flottant au-dessus des boîtes. Elle plia le doigt, me faisant signe de la suivre ; c'est ce que je fis.

Elle plongea derrière les boîtes, puis reparut d'un coup, faisant des gestes pour m'inciter à la suivre. Pendant que je déplaçais les boîtes, elle resta suspendue au-dessus de moi. Je pouvais voir un trou rempli de poussière derrière les boîtes. La lueur qui se dégageait de Chloé me permettait de voir clairement. Il y avait encore d'autres boîtes, mais elles étaient plus petites et il m'était plus facile de les déplacer. Une fois que j'eus terminé, je me retrouvai face à un mur lambrissé.

— Et puis quoi ? criai-je encore plus nerveusement.

Chloé vola jusqu'au mur, puis elle s'évapora.

— Reviens ! l'exhortai-je en tendant la main et en touchant le bois.

Quand le bois vacilla, je compris que le mur n'était pas solide, qu'il n'était constitué que d'une grande feuille de contreplaqué. Je poussai la feuille de côté et j'aperçus un visage dans l'ombre. Mon cri s'arrêta brusquement quand je reconnus le visage… c'était le mien ! La lumière extérieure reflétait ma propre image dans une fenêtre crasseuse.

Le loquet de la fenêtre était brisé depuis longtemps. Était-ce la sortie qu'empruntait Chloé pour s'évader ? Aujourd'hui, cinquante ans plus tard, c'était à mon tour de m'évader par cette voie.

Après avoir frappé contre la fenêtre, je réussis à l'ouvrir. De l'air froid chargé de pluie s'engouffra à l'intérieur de la pièce et je lâchai un soupir de soulagement. Je me hâtai de grimper à la fenêtre et me retrouvai dans une ruelle étroite.

« Et maintenant, dans quelle direction ? » me demandai-je en repoussant mes cheveux humides de mon visage. La pluie s'était changée en fines gouttelettes, mais j'étais encore trempée et j'avais froid. Je restai plantée là, incertaine de la direction à emprunter, du moins jusqu'à ce que j'aperçoive une silhouette brillante sur ma droite, comme un phare fantomatique qui offrait de me guider.

Ce passage étroit s'arrêtait au trottoir. En entendant le bruit d'une porte qui se fermait, je regardai vers l'entrée du musée et je me mis la main sur la bouche pour retenir un cri. Un homme grassouillet et chauve passait la porte. Je haletai.

L'homme pivota rapidement vers moi.

— TOI ! hurla-t-il.

Le sang afflua dans mes veines et la peur m'envahit. Quand je commençai à courir, j'entendis le type me crier d'arrêter. Cependant, je continuai à courir en suivant une vive lumière que je savais être Chloé. Tout devenait flou pendant que je bougeais. Plutôt que de retourner à la célébration, je tournai et montai de plus en plus haut le long d'un sentier montagneux. Je n'entendais pas Kasper derrière moi. J'espérais l'avoir semé.

Je ralentis une fois en sommet de la montagne, étonnée de me retrouver dans une clairière rocailleuse qui m'était familière. J'entendis des pas pesants et je me retournai pour découvrir Kasper. Le visage rouge de colère, il leva la main en pointant un pistolet vers moi.

Il était complètement fou et j'étais sur le point d'y laisser ma peau. Oh, mon Dieu ! Je savais que j'allais mourir. C'était mon destin, comme celui de Chloé. Par contre, personne ne célébrerait ma mort, et bien peu de gens porteraient mon deuil. Non ! Je ne pouvais pas abandonner. Il devait y avoir un moyen de m'en sortir, mais lequel ? J'étais prise au piège entre un rocher et un tueur.

C'est alors que quelque chose dans l'air se modifia ; une énergie scintilla telle une tornade chatoyante. La lueur ralentit et se fixa dans une silhouette fantomatique.

— Chloé ! hurlai-je. Au secours ! Arrête James !

James ? murmura-t-elle d'une voix hantée par la douleur.

Toutefois, elle avait l'air déroutée et je réalisai qu'elle ne reconnaissait pas Kasper. C'était logique, je suppose, puisqu'il avait tellement changé alors que Chloé était restée la même.

Tremblante, je regardai Kasper. Le pistolet glissa de ses mains et il fixa Chloé.

— Je peux te voir ! cria-t-il d'étonnement. Après toutes ces années… je ne t'ai jamais vue auparavant… je n'étais jamais totalement certain…

Les mots moururent sur ses lèvres et son visage devint pâle comme la mort.

Les autres fois où Chloé était apparue, elle était brumeuse et difficile à voir. Par contre, ici, à l'endroit même de sa mort, elle brillait d'une énergie aveuglante. Elle scintillait si fortement que les yeux me faisaient mal. J'étais toutefois incapable de détourner le regard d'elle, prise au piège des puissantes émotions de la jeune fille.

Chloé resta suspendue très haut au-dessus du sol, les herbes sèches dansant dans l'air qu'elle déplaçait ; des brindilles et des pierres glissaient sous mes pieds. Je ne bougeai pas et je fus témoin d'une autre chose étonnante. Pendant que j'observais Kasper-James, celui-ci se transforma. Il grandit, son visage ridé redevint lisse et s'adoucit, sa chair molle se raffermit et des cheveux dorés poussèrent sur son crâne chauve. L'illusion ne dura qu'un instant.

James. Chloé tendit des doigts scintillants vers lui. *Je t'attendais.*

— Ne me fais pas de mal ! hurla Kasper-James, les yeux exorbités par la peur. Ne t'approche pas ! Ce n'était pas ma faute.

Chloé oscillait dans le vent et son aura était si brillante que les yeux me piquaient.

Pourquoi m'as-tu quittée ? J'ai attendu… si seule.

— C'était un accident, répondit Kasper-James. Tu étais en colère ; tu criais que je t'avais trahie, puis tu as couru très vite vers moi. J'ai fait un pas de côté et tu es tombée. Je ne voulais pas que tu meures… et j'avais si peur. Je savais qu'on m'accuserait.

— Vous l'avez trahie, accusai-je le vieillard. Vous ne pouvez plus vous le cacher maintenant. Par contre, vous pouvez m'aider à montrer à Chloé comment trouver la paix dans l'Au-delà.

Il m'ignora et se plaça les mains sur le visage dans un geste protecteur, puis recula.

— Ne me fais pas de mal, ne t'approche pas de moi !

Chloé virevolta tout de même plus près de lui ; c'était une vision ardente et scintillante.

James, ne me quitte pas, viens vers moi.

La silhouette argentée de Chloé brilla comme des larmes. Alors que la jeune fille rejoignait James, ses cheveux couleur caramel ondulaient autour d'elle comme une sombre pluie.

— Reste loin de moi ! ordonna-t-il en se retournant pour courir.

Vive comme l'éclair, Chloé me dépassa pour lui bloquer la route. L'électricité grésilla, crépita autour de Chloé, jusqu'à ce que son aura brille aussi intensément qu'un soleil couchant flamboyant.

J'ai attendu et attendu, murmura Chloé. *Pour toi.*

Elle glissa sinistrement pour se rapprocher de James. Je m'efforçai de trouver les mots pour lui venir en aide, pour la libérer de sa douleur et l'aider à trouver la paix de l'autre côté. Or, les événements se bousculèrent.

Chloé continuait à s'approcher de James. Ce dernier recula et il se serait cogné contre moi si je ne m'étais pas élancée vivement. J'atterris lourdement sur le sol boueux. Ma tête frappa quelque chose de dur, un bosquet ou une bûche, et je restai étendue un moment, hébétée.

Quand je recouvrai mes esprits et que j'essuyai la boue dans mes yeux, je vis Chloé et James près de la falaise. Une fine bruine tournait au rythme de Chloé pendant que celle-ci avançait vers James. Le visage pâle de frayeur, le malheureux ne sembla pas réaliser qu'il reculait plus près du bord du précipice.

— Attention ! lui criai-je.

J'eus l'impression qu'il ne m'avait pas entendue. Il recula aveuglément, glissa et trébucha, ses bras battant l'air alors qu'il disparaissait de ma vue. Son cri sourd sembla résonner pendant une éternité.

Chloé resta suspendue dans les airs au-dessus de la falaise et son aura faiblit jusqu'à n'être plus qu'un soupçon de brun caramel scintillant. Je l'entendis murmurer : *Attends-moi, James*.

Puis, ce fut le silence total, à l'exception du doux crépitement des gouttes de pluie et de mes propres sanglots étouffés.

Le cœur lourd, je me retournai et j'aperçus Dominic.

28

LE LENDEMAIN MATIN, JE PLIAI MES VÊTEMENTS ET les mis dans ma valise.

— Ainsi, Kasper était en réalité James ! s'exclama Thorn. Il est devenu fou de chagrin et il est tombé de la falaise ! C'est tellement tragique ! Quand je pense que j'ai dormi pendant que tout ça se déroulait !

La nuit précédente, j'étais rentrée un peu après minuit. J'étais trop abasourdie pour parler de quoi que ce soit et je laisserais d'autres personnes démêler le drame ; j'étais sans voix lorsque Dominic m'éloigna du site de la tragédie.

Je ne souhaitais pas partir, mais Dominic avait insisté.

— Il n'y a rien de bon à gagner à raconter la vérité.

Je savais qu'il avait raison. Je ne pouvais plus rien faire pour aider Kasper, alias James.

— Tout cela ressemble à un cauchemar, admis-je maintenant à Thorn.

— Au moins, ils sont ensemble, expliqua-t-elle en s'assoyant, jambes croisées, sur son lit défait.

— Ouais, murmurai-je tristement d'une voix mêlée d'un sentiment d'aboutissement. Chloé a obtenu ce qu'elle souhaitait,

Je ressentais qu'enfin, cinquante-quatre ans après sa mort, Chloé avait trouvé la paix.

— J'imagine que ce sera la fin des célébrations en l'honneur de Chloé, conclut Thorn. Ma tante sera contente. Par contre, il y a une chose dont elle ne sera pas heureuse.

— Laquelle ?

Je bouclai ma valise et regardai mon amie avec curiosité.

— J'ai décidé de faire face à la musique, expliqua-t-elle. Il est temps de lui montrer ma vraie nature.

— En es-tu sûre ? lui demandai-je.

— Absolument.

Thorn retira de sa valise un sac de maquillage en plastique et une perruque noire.

— Attention, tout le monde, Thorn est de retour. Ma tante devra s'habituer à ma véritable nature.

— Merveilleux ! approuvai-je.

Je fis une courte pause.

— Si seulement j'avais ton courage, avouai-je avec un soupir mélancolique, je pourrais tenir tête à ma mère et lui annoncer que j'irais à la fête d'anniversaire de mes sœurs, qu'elle approuve ou non.

— Tu as survécu à des choses graves, hier soir, dit Thorn pendant qu'elle glissait des boucles d'oreilles en forme de poignard à ses oreilles. Je suis si contente de ne pas voir de fantômes. Je crois que tu es la personne la plus brave que je connaisse.

C'était la première fois de la journée que je souriais. Peut-être étais-je courageuse quand c'était nécessaire. Je ne pouvais pas fuir mes problèmes, incluant ceux que j'avais avec ma mère.

* * *

Une demi-heure plus tard, alors que je raccrochais le téléphone, Thorn revint en arborant le sourire le plus grand que je n'avais jamais vu sur son visage.

— Tu ne devineras jamais ce que m'a dit ma tante quand elle m'a vue !

Je m'imaginai ce qu'une femme démodée pouvait penser de l'excentrique et blafard maquillage noir et blanc, du cuir noir et des multiples perçages de Thorn.

— A-t-elle hurlé ? demandai-je.

— Non. Elle m'a simplement demandé ce que je voulais pour le petit-déjeuner.

— Ce n'est pas vrai !

— Ma tante n'a pas dit un mot à propos de mes cheveux noirs et de mon allure gothique. Quand je lui ai demandé pourquoi elle n'était pas surprise, elle m'a déclaré qu'elle le savait déjà. Il semble que ma mère lui ait montré des photos de moi. Et tante Deb ne m'a jamais dit qu'elle était au courant.

— Bien, c'est parfait, non ? Ça ne la dérange pas et tu n'as pas besoin de faire semblant.

— Ouais, et ce n'est pas tout, ajouta Thorn. Tante Deb a détaché sa ceinture et m'a montré son nombril percé.

— Percé ! m'exclamai-je en m'étranglant de joie.

— Avec un minuscule diamant. Elle dit que même les dames d'âge moyen aiment se rebeller un peu.

— Elle finira par adopter l'allure gothique aussi, dis-je à mon amie pour la taquiner.

— J'espère que non, ce serait vraiment trop bizarre.

Thorn jeta un coup d'œil vers le téléphone.

— Alors, comment s'est déroulé l'appel avec ta mère ? me demanda-t-elle sur un ton plus sérieux .

— Pas mal, je crois.

Je conservai une expression calme, bien qu'à l'intérieur je me sentais encore intimidée et anxieuse.

— Maman n'est pas contente, mais c'est son problème. Je vais à la fête afin que mes sœurs ne soient pas déçues. Je le fais pour Amy et Ashley.

— Bravo ! s'exclama Thorn en me tapotant l'épaule.

Je me contentai de hocher la tête, sachant que j'aurais encore une bataille à livrer à ma mère, mais je m'occuperais de cela plus tard.

Les pains dorés étaient délicieux et il était agréable de retrouver la véritable Thorn.

Plus tard, pendant que nous lavions et séchions les assiettes, le bruit sec d'un klaxon retentit à l'extérieur. Thorn se précipita à la fenêtre de la façade et regarda à l'extérieur. L'ayant suivie, je vis une jeep jaune citron s'engager dans l'allée.

— Ma jeep ! cria-t-elle joyeusement.

Elle jeta son chiffon à vaisselle par terre et se hâta de sortir.

Un autre véhicule suivait la jeep. C'était le vieux camion blanc de Dominic. Bouc, l'ami mécanicien de Dominic, descendit de la jeep et en remit les clés à Thorn.

Le véhicule reluisait comme un sou neuf. Thorn caressa la toile uniforme du toit de la main et j'étais contente de constater qu'on ne pouvait plus voir où la toile avait été percée.

Après que Thorn eut étreint et remercié Dominic, elle lui demanda s'il acceptait de me conduire à Peaceful Pines, car elle aurait aimé passer plus de temps avec sa tante. Dominic me lança un regard incertain.

— Tant que ça convient à Sabine, répondit-il avec prudence.

— C'est parfait, dis-je, étonnée de voir que l'idée de me rendre à Peaceful Pines avec lui me réjouissait au plus haut point.

De toute évidence, ce n'était que parce qu'il m'avait été d'un réel soutien et que je savais qu'il aimait beaucoup Nona. Ça n'avait rien à voir avec le baiser. D'ailleurs, ni lui ni moi n'en avions reparlé, comme si nous avions convenu tacitement de prétendre qu'il n'avait jamais eu lieu. Nous étions des amis, rien de plus. Et j'avais besoin de tous les amis que je pouvais me faire. Ma vie allait certainement changer bientôt… et pas nécessairement d'une bonne façon. Evan planifiait probablement déjà sa vengeance.

Dominic laissa son ami à l'atelier de mécanique et nous poursuivîmes notre route à travers Pine Peaks pour rejoindre la résidence Peaceful Pines. En passant au cœur de la ville, je demandai à Dominic de ralentir. Le cœur lourd, je regardai fixement le musée Chloé. Les rideaux étaient tirés, il n'y avait aucune lumière et, sur la porte, une grande affiche indiquait « FERMÉ ».

Dominic m'observa avec curiosité, mais il ne dit rien et je lui en fus reconnaissante. Être si près de lui me faisait douter de moi. Par exemple, je me demandais si mes cheveux étaient décoiffés ou si mon maquillage était raté. De plus, mes mains ne tenaient plus en place. Afin de les occuper, je demandai à Dominic de me prêter son téléphone cellulaire pour appeler Nona.

Ce ne fut pas Nona qui répondit. Ce fut plutôt Penny-Love, qui était à la maison pour aider grand-mère à faire tourner son entreprise de l'amour. Au son de sa voix, je me préparai au pire car je me sentais moche de l'avoir laissée tomber pour l'organisation de la danse. Cependant, au lieu de me mettre en pièces, Penny-Love me fit part de son excitation à propos d'un nouveau garçon qu'elle avait rencontré pendant qu'elle installait les décorations. Il faisait partie du club des arts et, à la dernière minute, il s'était porté volontaire pour l'assister.

— Donc, grâce à toi, j'ai un nouveau copain ! s'exclama-t-elle. Merci.

Je lui dis que c'était épatant et je combattis mon envie de la questionner à propos de Josh. Je savais que Penny-Love me dirait exactement ce qu'il avait fait à la danse. Pourtant, j'étais réticente à l'idée de le savoir. C'était comme si le fait de supposer qu'il avait dansé avec d'autres filles me déculpabiliserait un peu.

Il y avait tout de même une chose que je devais savoir.

— Evan était-il à la danse ? demandai-je.

— Evan Marshall ? Bien sûr, il y était. De plus, il était accompagné d'une nouvelle petite amie, une fille un peu maigre qui n'a pas de très jolies dents. Je n'ai pas parlé à cette fille, mais j'ai entendu dire qu'elle venait de San Jose. N'est-ce pas là que vit ta famille ? Peut-être la connais-tu ?

— Non ! répondis-je un peu trop sèchement. Tu sais, c'est une grande ville.

— Ouais, c'est ce que je pensais.

— Alors, est-ce qu'Evan a dit quelque chose de bizarre… à mon sujet ?

— Non. Pourquoi lui ou quiconque d'autre ferait-il ça ? Tu es la personne la plus normale que je connaisse.

Penny-Love se mit à rire et j'en fis autant après avoir avalé la boule qui me serrait la gorge.

Ma réputation était intacte… du moins pour l'instant.

Quelques minutes plus tard, nous arrivâmes au centre Peaceful Pines pour personnes âgées.

Alors que nous descendions du camion, je remarquai un vieux couple qui se dirigeait vers une berline blanche. J'eus la surprise de reconnaître Teddy et Cathy ; ils portaient des vêtements chic et se promenaient bras dessus, bras dessous. Quand Cathy m'aperçut, elle se hâta de me rejoindre pour m'étreindre.

— Merci, ma chère, murmura-t-elle.

— Pourquoi ? demandai-je.

— Pour avoir contraint ce vieux fou à faire face au passé au lieu de prétendre qu'il n'y avait rien eu.

Cathy pencha la tête en direction de Teddy, qui l'attendait à côté de la berline.

— Hier soir, il m'a amenée à la célébration, poursuivit-elle, et, ce matin, il m'a invitée à l'église. Pourtant, tout ce que nous avons fait, c'est de parler de Chloé, une chose qu'il n'avait pas faite depuis cinquante ans. Je pense qu'il lui a enfin pardonné… et qu'il m'a pardonné aussi. Lorsqu'il a pris ma main, j'ai été toute chamboulée à l'intérieur, comme si j'avais à nouveau seize ans. Qui sait ? Nous pourrions peut-être nous fiancer...

Elle ricana, puis elle agita la main et se hâta d'aller retrouver Teddy.

Dominic me lança un curieux regard.

— De quoi s'agissait-il ?

— Un amour qui bourgeonne, répondis-je en souriant. Ils forment un joli couple, ne crois-tu pas ?

Le garçon leva les sourcils ; de toute évidence, il était dans l'impossibilité de dire si j'étais sérieuse ou non, et ça me convenait ainsi. Nous pénétrâmes ensuite dans le centre et trouvâmes notre chemin jusqu'à la maison d'Eleanor Baskers.

Cette fois, quand je frappai à la porte, cette dernière s'ouvrit. Une femme à l'air sympathique, qui portait des verres épais à monture bleue et qui arborait une minuscule tresse colorée zigzaguant dans ses cheveux bruns mi-longs, se tenait devant nous. Lorsqu'elle me sourit, je remarquai un espace entre ses incisives.

— Toi ! s'exclama-t-elle, les yeux bien ronds.

Je regardai autour, me demandant s'il y avait quelqu'un derrière moi. Or, Eleanor avait le regard fixé sur moi ; il n'y avait donc aucun doute que j'étais l'objet de son étonnement.

— Heu… me connaissez-vous ? lui demandai-je.

— Pas encore, mais je t'attendais, répondit-elle mystérieusement.

Sans même nous demander nos noms ou ce que nous faisions là, elle nous fit entrer chez elle.

La première chose que je notai à propos de sa chaleureuse demeure, ce fut les vaches. Des centaines, peut-être des milliers, de vaches étaient alignées sur des étagères ; elles étaient en verre, en porcelaine, en peluche, en bois et en plastique. Il y avait même une table à café en forme de vache. Lorsque je m'assis sur un divan noir et blanc, mon coude heurta un coussin, qui fit « meuh ».

— Après notre discussion, je vous montrerai ma collection complète, nous dit fièrement la dame. J'ai une valise de souvenirs d'Elsie dans la chambre arrière, incluant plusieurs vaches de couleur prune, comme dans le vieux poème.

— Un poème ? répétai-je.

Dominic hocha la tête devant mon incompréhension.

— Je n'ai jamais vu de vache couleur prune, m'avoua-t-il, et je souhaite ne jamais en voir. Je peux tout de même te dire…

— …que j'aimerais mieux en voir une que d'en être une ! compléta Eleanor en riant. Comment diable se fait-il que tu connaisses ce vieux poème ?

— Il lit beaucoup, dis-je avec ironie. Il vit presque à la bibliothèque.

Eleanor sourit pour marquer son approbation, puis elle prit un siège en face du divan et redevint sérieuse.

— À présent, nous devons parler de mon rêve.

— Votre rêve ? m'enquis-je.

— La nuit dernière, j'ai fait le rêve le plus étrange qui soit et tu en faisais partie.

— Mais vous ne me connaissez même pas.

— C'est ce qui le rend si inhabituel. Une femme aux cheveux noirs et épais avec des traits plutôt exotiques, comme une Égyptienne ou une Indienne, était assise au bord de mon lit. Ce rêve semblait plus réel que tout autre auparavant.

— Opal, murmurai-je, le cœur réchauffé.

En bout de ligne, ma guide spirituelle ne m'avait pas abandonnée.

— Oui, Opal. C'est comme ça qu'elle disait s'appeler. Elle tenait un album de photos et m'a montré la photo d'une jeune fille blonde.

— Moi ?

— Oui.

Eleanor hocha la tête.

— Elle m'a dit de m'attendre à ta visite aujourd'hui. Je pensais que c'était un rêve bizarre, jusqu'à ce que j'ouvre ma porte il y a un instant.

— Qu'a-t-elle dit ensuite ? demandai-je avec enthousiasme.

— Que je devais te raconter l'histoire de mon arrière-grand-mère.

J'avais presque oublié cette histoire, mais à présent je m'en souvenais comme si c'était hier. Elle parle de la façon dont mon arrière-grand-mère Martha a recueilli quatre petites voisines quand leur mère est décédée. Cette femme voulait élever les filles et les garder ensemble, mais on les lui avait enlevées et elles avaient été adoptées par des familles distinctes.

— Agnès et ses filles ! m'exclamai-je.

Je sentis mon pouls s'accélérer.

— C'est la raison de ma présence ici, poursuivis-je. Agnès était mon ancêtre et il est urgent que je trouve le livre de remèdes de la famille qui a été perdu il y a très longtemps. Savez-vous quelque chose au sujet de ce livre ?

Eleanor secoua la tête.

— Je suis désolée, mais non.

— Et les sœurs ? Savez-vous ce qu'elles sont devenues ?

— À ce propos, je peux t'aider, répondit madame Baskers en rapprochant sa chaise du divan. Environ un an après le départ des filles, quelqu'un frappa à la porte chez Martha. Sur le seuil se tenaient une femme à l'expression sombre et une petite fille. L'enfant était la plus jeune des quatre sœurs. La famille qui l'avait accueillie n'en voulait plus.

— La pauvre enfant. Que lui est-il arrivé ?

— Elle est restée, dit Eleanor en souriant. Et elle est devenue ma grand-mère.

— Alors, vous êtes... nous sommes parents ?

Je sautai sur mes pieds en renversant presque un portemanteau en forme de vache.

— De très lointaines cousines. J'ai bien peur de ne pas être en mesure de t'en apprendre beaucoup plus sur notre parenté commune. Les quatre sœurs n'ont jamais été réunies.

Je soupirai. Mes espoirs étaient déçus.

— Toutefois, j'ai un dossier sur leurs noms d'adoption, poursuivit Eleanor. Après mon rêve, je l'ai cherché et j'ai noté les noms.

Elle retira de la poche de sa jupe un petit papier qu'elle me remit.

Les yeux brillants, Dominic écoutait la conversation d'un intérêt soutenu. Il observait en silence en assimilant les événements.

— Wow ! m'exclamai-je en jetant un coup d'œil aux noms.

Impulsivement, j'étreignis ma nouvelle cousine éloignée.

— Merci beaucoup !

— Je t'en prie. La femme dans mon rêve m'a demandé de te remettre autre chose.

Eleanor se leva et marcha jusqu'au manteau de la cheminée. Elle repoussa une statue en verre, elle attrapa une petite enveloppe, se tourna et me la tendit.

— Je ne comprends pas toute cette histoire, expliqua-t-elle, mais je sais ce que sont la famille et l'amour, et je désire t'aider.

Elle me remit l'enveloppe.

— Cet objet est dans la famille depuis très longtemps, et aujourd'hui je suis heureuse de te le transmettre.

Ayant peine à respirer, je soulevai le rabat de l'enveloppe.

J'en sortis une minuscule breloque en argent représentant une vieille maison.

Ma deuxième breloque ! J'avais la moitié du chemin de fait pour trouver le livre de remèdes. J'étais impatiente d'annoncer la nouvelle à Nona !

— Puisque nous sommes cousines, j'ai décidé de te donner quelque chose d'autre, ajouta madame Baskers avec un sourire mystérieux. Je l'ai découvert en fouillant dans le grenier et, franchement, je ne savais pas quoi en faire… du moins jusqu'à maintenant.

— Qu'est-ce que c'est ?

— Un objet de superstition, répondit Eleanor en me faisant un clin d'œil, comme si elle ne prenait pas les superstitions au sérieux. La chose était utilisée pour éloigner les mauvais esprits. Dans mon grenier, elle s'est contentée de capturer la poussière. En la polissant un peu, elle fera une jolie décoration.

Je fixai avec émerveillement la sphère qui miroitait comme une glace. Je n'en avais jamais vu de semblable auparavant, mais Nona m'avait raconté des histoires à propos d'objets magiques. Quand je touchai la sphère, j'eus la forte impression que ces histoires étaient vraies… et que quelque chose d'ancien rôdait encore à l'intérieur.

— Sais-tu de quoi il s'agit ? me demanda la vieille dame.

— Oui, répondis-je en frissonnant. Il s'agit d'une boule de cristal.

Fin

VISIONS

Procurez-vous les tomes 1 et 3 de la collection

* * *

Ne meurs pas libellule et *La boule de cristal*

tome 1

tome 3